共和国故事

举世瞩目

——中国第一颗人造地球卫星发射成功

武利林 编写

吉林出版集团股份有限公司

图书在版编目（CIP）数据

举世瞩目：中国第一颗人造地球卫星发射成功/武利林编. —
长春：吉林出版集团股份有限公司，2009.12

（共和国故事）

ISBN 978-7-5463-1767-0

Ⅰ．①举… Ⅱ．①武… Ⅲ．①纪实文学 – 中国 – 当代 Ⅳ．①I25

中国版本图书馆 CIP 数据核字（2009）第 237774 号

举世瞩目——中国第一颗人造地球卫星发射成功

JUSHI ZHUMU　　ZHONGGUO DI YI KE RENZAO DIQIU WEIXING FASHE CHENGGONG

编写　武利林

责任编辑　祖航　李娇

出版发行　吉林出版集团股份有限公司

印刷　三河市嵩川印刷有限公司

版次　2010 年 1 月第 1 版　　　2022 年 1 月第 11 次印刷

开本　710mm × 1000mm　1/16　　　印张　8　字数　69 千

书号　ISBN 978-7-5463-1767-0　　　定价　29.80 元

社址　吉林省长春市福祉大路 5788 号

电话　0431 – 81629968

电子邮箱　tuzi8818@126.com

前　言

自 1949 年 10 月 1 日中华人民共和国成立至今,新中国已走过了 60 年的风雨历程。历史是一面镜子,我们可以从多视角、多侧面对其进行解读。然而有一点是可以肯定的,那就是,半个多世纪以来,在中国共产党的领导下,中国的政治、经济、军事、外交、文化、教育、科技、社会、民生等领域,都发生了深刻的变化,中国人民站起来了,中华民族已屹立于世界民族之林。

60 年是短暂的,但这 60 年带给中国的却是极不平凡的。60 年的神州大地经历了沧桑巨变。从开国大典到 60 年国庆盛典,从经济战线上的三大战役到经济总量居世界第三位,从对农业、手工业、资本主义工商业的三大改造到社会主义市场经济体制的基本确立,从宜将剩勇追穷寇到建立了强大的国防军,从废除一切不平等条约到独立自主的和平外交政策,从"双百"方针到体制改革后的文化事业欣欣向荣,从扫除文盲到实施科教兴国战略建设新型国家,从翻身解放到实现小康社会,凡此种种,中国人民在每个领域无不留下发展的足迹,写就不朽的诗篇。

60 年的时间在历史的长河中可谓沧海一粟。其间究竟发生了些什么,怎样发生的,过程怎样,结果如何,却非人人都清楚知道的。对此,亲身经历者或可鲜活如昨,但对后来者来说却可能只是一个概念，对某段历史的记忆影像或不存在，或是模糊的。基于此，为了让年轻人，特别是青少年永远铭记共和国这段不朽的历史，我们推出了这套《共和国故事》。

《共和国故事》虽为故事，但却与戏说无关，我们不过是想借助通俗、富于感染力的文字记录这段历史。在丛书的谋篇布局上，我们尽量选取各个时代具有代表性或深具普遍意义的若干事件加以叙述，使其能反映共和国发展的全景和脉络。为了使题目的设置不至于因大而空，我们着眼于每一重大历史事件的缘起、过程、结局、时间、地点、人物等，抓住点滴和些许小事，力求通透。

历史是复杂的，事态的发展因素也是多方面的。由于叙述者的视角、文化构成不同，对事件的认知或有不足，但这不会影响我们对整个历史事件的判断和思考，至于它能否清晰地表达出我们编辑这套书的本意，那只能交给读者去评判了。

这套丛书可谓是一部书写红色记忆的读物，它对于了解共和国的历史、中国共产党的英明领导和中国人民的伟大实践都是不可或缺的。同时，这套丛书又是一套普及性读物，既针对重点阅读人群，也适宜在全民中推广。相信它必将在我国开展的全民阅读活动中发挥大的作用，成为装备中小学图书馆、农家书屋、社区书屋、机关及企事业单位职工图书室、连队图书室等的重点选择对象。

编　者
2010 年 1 月

一、 开始卫星工程

● 1957 年 5 月 17 日，毛泽东在党的八届二中全会上提出：我们也要搞人造卫星。

● 聂荣臻指出中国尖端科学技术事业的发展方针是："自力更生为主，力争外援为辅，充分利用资本主义国家的技术成果。"

● 钱学森提出意见：我国要研制卫星应从两方面做起，一是大力聚集和培养人才，二是积极争取外援。

毛泽东提出我们也要搞人造卫星

1958 年 5 月 17 日，党的八大二次会议正在召开之中。在上午的会议上，有代表在发言中再一次提到中国的人造卫星问题。

毛泽东认真地听着代表们的发言。这几天，卫星问题一直在他脑海里缠绕不散。此刻，当听到代表们又一次谈到中国的卫星问题时，他有些坐不住了。

周恩来站起来，向全场摆了摆手，然后提示性地说："同志们，关于卫星问题，现在请毛主席讲几句话！"

全场顿时响起一片掌声。

毛泽东扫视了一眼会场，用浓重的湖南乡音说道：

同志们！近一段时间来，人造卫星问题一直是大家很关心的问题。我的心情也和大家一样。苏联在去年就把卫星抛上了天，美国在几个月前也把卫星抛上了天。那么，我们怎么办？

毛泽东突然停顿下来，等全场屏住呼吸、将目光全部聚合在他身上时，然后将大手一挥，大声说道：

我们也要搞人造卫星。

全场顿时掌声雷动，一片沸腾。

毛泽东发话了，聂荣臻作为主管全国科学工作的副总理，毫无疑问，他得抓落实。热爱科学的他对一切新生事物都是很敏感的，尽管全中国还没有一个人见过卫星是什么样子，但热情是不能少的。

党的八届二中全会刚刚结束，1958 年 5 月 29 日，聂荣臻召集部分中华人民共和国国防部航空工业委员会委员开会，会上，他听取钱学森关于五院与中国科学院的协作分工，以及研制与发射探空火箭、人造地球卫星、洲际弹道导弹的设想意见的汇报。

随后，中国科学院副院长竺可桢、力学所所长钱学森、地球物理所所长赵九章等建议开展中国的卫星研究工作。院党组研究认为：这是关乎国防和人民和平安宁的头等大事。为此，抓紧做好了两项工作：

一是，拿出了我国第一个卫星规划。

苏联发射卫星之前，中国科学院曾收到苏联科学院天文委员会的一封航空挂号信。信中说，希望中国能建立人造卫星目视观测网，以帮助配合观测苏联的卫星。

并且，苏方愿意派出有关专家前来中国协助指导。这对刚刚起步的中国来说，自然是一次学习和实习的好机会。

应苏联科学院要求，从 1957 年 10 月起，中国科学院地球物理所地球物理国家委员会在全国范围内组织对苏联卫星观测，并成立了人造卫星光学观测组和射电观测组。先在北京、南京、上海、昆明等地设立观测站，1958 年发展到了 12 处。

按照吴有训副院长的要求，筹备电子所的陈芳允等几位科技人员自选课题，做了一个无线电信号接受装置，不但能够接收到卫星向地面发射的无线电信号及频率变化，还能计算出它的轨道，从而推测出它里面可能有些什么内容。我方多次召集有关科学家座谈。

科学家们认为卫星是一项综合性很强的工作，从"任务带学科"考虑，可以带动诸多新兴技术的发展。卫星可以民用，亦可以军用。利用科学院已有的基础加速研究，再加上国防部五院等兄弟部门的力量，用几年时间，我国也能卫星上天。他们还建议科学院应把卫星列为重点任务来抓。

二是，做出了我国第一个卫星模型。

为实现规划任务，中国科学院成立了 581 组，专门研究卫星问题。

1958 年 8 月，张劲夫召集钱学森、赵九章等专家拟订我国人造卫星发展规划设想草案，成立中国第一个卫星小组"中国科学院 581 组"。

所谓"581"，表示研制卫星是中国科学院 1958 年的头号任务。但限于我国现有的技术条件，这项工作开始时主要是进行理论上的研究。

"581"小组由钱学森任组长，赵九章和卫一清任副组长，负责筹建三个设计院：

第一设计院负责卫星、运载火箭的总体设计，由力学所郭永怀和杨南生负责。

第二设计院负责控制系统研制，由吕强任院长，陆元九、杨嘉墀、屠善澄为学科负责人。

第三设计院负责探空仪器研制与空间环境的研究，由赵九章和钱骥担任科学技术领导。

与此同时，中国科学院生物物理所的贝时璋、军事医学科学院的蔡翘领导开展了宇宙生物学和航空医学的研究。天文和数学所还进行了轨道计算方面的研究。培养新兴科技人才的中国科技大学，在郭沫若的亲自领导下也正式成立。

8月18日，北戴河会议期间，张劲夫向聂荣臻汇报了人造卫星任务的进展情况，得到了聂荣臻的大力支持。

随后，根据聂荣臻的指示，中国科学院成立了新技术办公室，主管国防尖端科研任务；同时，还成立了"581"小组办公室，负责人造卫星具体任务的实施和对外联系。

随着"581"小组的成立，紧接着就开始讨论卫星研制计划，从成立以来到10月初，小组每周开两三次会议。钱学森和裴丽生、杜润生、王诤、王士光、罗沛霖、钱文极、蔡翘等多次出席。

通过两个月的紧张工作，与院内外31个单位通力协作，"581"小组完成了运载火箭结构的初步设计，搞出了载有多种高空环境探测仪器及动物舱的两种探空火箭头模型，为自力更生发展我国空间事业迈出了可喜的第一步。

8月20日，聂荣臻向中央上报的《关于12年科学规划执行情况的检查报告》中，正式提出了研制人造卫星的建议。这是从卫星被提上议事日程后，第一次在上报中央的正式文件中提出卫星的事。

10月1日，中国科学院自然科学跃进成果展览会在北京中关村生物所开幕。中科院赶制出来的一套运载火箭设计图、地面雷达照片，以及卫星、火箭模型，都送到了展览会上。

展出的两个卫星模型里，一个放着科学探测仪器，另一个则放了一条金黄色的小狗。原因是苏联第二颗卫星上天时，在卫星上放了一条小狗来做试验。

每当参观的人群来到卫星模型跟前时，这条金黄色的小狗便会不时发出"汪汪"的叫声。

展览会期间，党和国家领导人毛泽东等都来参观，影响很大。

10月中旬，经中央批准，国防部第五研究院正式成立。聂荣臻在向中央的报告中明确指出，中国尖端科学技术事业的发展方针是：

自力更生为主，力争外援和充分利用资本主义国家的技术成果为辅。

毛泽东亲自审阅了报告，并批准了这一方针，为以后航天事业的发展指明了方向。

大力培养卫星科技人才

卫星技术是尖端技术之一，研制卫星更是一个庞大的系统工程，涉及许多技术领域。如果我国要独立研制卫星，期间会有很多困难。

为此，钱学森向党组提出了自己的意见：一是大力聚集和培养人才，二是积极争取外援。党组同意了这个意见，达成了共识。

紧接着，有关单位开始着手人才准备工作。一方面是增加科技人员，另一方面是配备实验室和工厂技术工人。随后，解放军总政治部帮助科学院调配8000名年轻的复员技术兵。其中一部分是铁道部吕正操部长支援的一批老工人，这些工人于1959年分配到有关所和工厂。

从吕正操那里调来的这部分工人，后来由于遇到经济困难时期，根据中央政策，复员兵大部分被精简还乡。因承担国防必保生产任务，经特批，才把一批经培训掌握了试制、生产技术的复员技术兵保留下来。

科技人员设计的仪器、设备都需要工人师傅做出来。他们不分昼夜、不计报酬，克服困难，按时完成任务。期间，钱学森亲临工厂视察，夸他们是金手艺。听到钱学森的赞扬后，工人们非常高兴。

由于科技人员只靠国家分配大学生远远不够。因此，院党组研究采取"全院办校，所系结合"的方针，办一所以新兴学科为主的大学——中国科学技术大学。

学校于 1958 年 5 月上报，6 月批准，8 月招生。此时，校舍还没有着落，火烧眉毛。钱学森让谷羽同志找时任中央办公厅主任的杨尚昆请求支持。

随后，杨尚昆同志将中央管辖的北京玉泉路一处军产批给科技大学做校址。钱学森与郭沫若院长去看那个地方，到达的时候，一位少将已经迎候在大门口了。

还没等钱学森开口，少将就说："我已经明白了来意，我们立即行动，很快腾空。"学生宿舍不够，李富春副总理又批给了几万平方米的教学楼和宿舍，中国科学技术大学才得以按时开学。

提起人才话题，不得不说说关于钱学森的故事。这位满腔报国热情的科学家兼导弹专家，在祖国需要的时候，突破重重阻挠，毅然回国。因此，他的这段经历充满了传奇色彩。

1935 年 8 月，钱学森作为一名公费留学生赴美国学习，研究航空工程和空气动力学。回国前，他曾担任加利福尼亚理工学院超音速实验室主任和古根罕喷气推进研究中心主任。

1949 年 10 月 1 日，第一面五星红旗飘扬在天安门广场上空。再过 5 天就是我国的传统节日——中秋节。在这一天，钱学森夫妇和十几位中国留学生在一起欢度佳节。他们边赏月边倾诉情怀，深为祖国的新生而欢欣，并对祖国的美好前景充满着憧憬。就在此时，钱学森心中萌发起一个强烈的愿望：早日回归祖国，用自己的专长为国家建设服务。

正当此时，朝鲜大地燃起了战争的烽火。作为挑起这场战争的美帝国主义，在它的国内，正在掀起一股疯狂反共的政治浪潮，几乎每天都会发生对大学和其他机构的人员进行审查和威胁性的事件。这股逆流毫无例外，也波及加利福尼亚理工学院。

由于学院马列主义小组书记威因鲍姆被捕，美国联邦调查局又怀疑到钱学森的身上。1950 年 7 月，美国政府决定取消钱学森参加机密研究的资格，理由是他与威因鲍姆是朋友关系，并指控钱学森是美国共产党党员，是非法入境。

这些无端的指控均被钱学森一一驳回。但是，钱学森已无法忍受这一切，决定立即返回自己的祖国。他在约见主管他研究工作的美国海军部副部长金贝尔时，正式告知金贝尔，他准备立即动身回国。

金贝尔听后大为震惊。他认为："钱学森无论放在哪里，都抵得上五个师。"所以当钱学森一走出他的办公室，金贝尔马上通知了移民局。不知情的钱学森做好了回国的一切准备，办理好了回国手续，也买好了从加拿大飞往香港的飞机票，把行李也交给了搬运公司装运。

1950 年 8 月 23 日午夜，也就是钱学森举家打算离开洛杉矶的前两天，突然收到移民局的通知——不准全家离开美国。与此同时，美国海关扣留了钱学森的全部行李。

钱学森被迫回到加利福尼亚理工学院。同时，联邦调查局派人监视他的全家和他的所有行动。

9月6日，钱学森突然遭到联邦调查局的非法拘留，被送到移民局看守所关押起来。在看守所，钱学森像罪犯似的受到种种折磨。钱学森曾回忆说："在被拘禁的15天内，体重就减轻30磅。晚上特务每隔1小时就来喊醒我一次，完全得不到休息，精神上陷入极度紧张的状态。"

钱学森无端被拘留后，加利福尼亚理工学院的师生和钱学森的老师冯·卡门以及一些美国友好人士，向移民局提出强烈抗议，为他找辩护律师，还募集1.5万美元保释金把钱学森保释出来。

从此，钱学森继续受到移民局的迫害，行动处处受到移民局的限制和联邦调查局特务的监视，不许他离开所居住的洛杉矶，还定期查问他。

钱学森就这样失去了5年的自由。然而，钱学森挚爱祖国的赤子之心反而更加炽热。他日夜思念着新中国，所以他坚持斗争，不断地向移民局提出离开美国回国的要求。有国不能归的钱学森，在那5年间没有停止钻研他所热爱和献身的科学事业。当时，美国政府阻止他离开美国，是因为他研究的火箭技术与国家的国防建设有关，想通过滞留他来阻拦新中国科学技术的发展。

开始卫星工程

当钱学森知道这点后，感到万分气愤。于是，他另行选择"工程控制论"这一新专业进行研究，以利于消除回国的障碍。

经过努力，他于1954年用英文写出了30多万字的《工程控制论》。实际上，工程控制论与生产自动化、与电子计算机的研制和运用、与国防建设都密切相关，只不过当时美国当局没有认识到这点而已。

钱学森返回祖国的斗争，也得到了祖国的关怀和支持。1954年4月26日，日内瓦会议期间，中国代表团秘书长王炳南与美国代表团负责人亚·约翰逊分别代表两国政府开始关于平民回国问题的接触。在接触中，王炳南特别指出，美国正在阻挠许多旅居美国的中国人返回中国，其中就包括科学家钱学森。

1955年6月的一天，钱学森摆脱特务监视，在寄给比利时亲戚的信中，夹带了一封写给全国人大常委会副委员长陈叔通的信，请求祖国帮助他早日回国。陈叔通先生收到信的当天，就把它送到了周恩来总理的手里。

1955年8月1日，中美大使级会谈在瑞士日内瓦举行。王炳南大使按照周恩来的授意，以钱学森要求回国的这封信为依据，与美方交涉，迫使美国政府允许钱学森离美回国。

1955年9月17日，钱学森与他的夫人和两个幼儿终于乘坐美国"克利夫兰总统号"邮船，离开了洛杉矶，驶向地处东方的祖国。

10 月 8 日，几经周转，钱学森抵达广州，踏上了祖国的土地，他备感亲切，不禁感慨万千。面对前来接待他的中国旅行社同志，钱学森说：

　　我一直相信：我一定能够回到祖国的，今天，我终于回来了！

回国后，钱学森很快就被赋予重任，出任卫星研制小组组长，紧接着就全身心地投入到祖国的科研事业当中，释放自己的全部能量。

科技大学开学了。钱学森看着一个个稚嫩的面孔，看着他们背着被褥或担着担子从北京火车站到玉泉路报到的情景，心里无比高兴。

中国科学院科学技术大学开学后，开设了一系列有关空间技术的课程，包括钱学森讲的《星际航行概论》，赵九章讲的《高空大气物理学》，陆元九讲的《陀螺及惯性导航原理》等。后来这些学生都成了我国航天科技的骨干。

赵九章率团访苏进行考察

1958 年 10 月 16 日，根据中苏科学技术协定，由赵九章、卫一清、杨嘉墀、钱骥等科学家组成的"高空大气物理代表团"到苏联进行考察，主要目的是考察卫星工作。

历史，把一个神圣的使命交给了赵九章。

在北京飞往莫斯科的图－104 国际航班客运机上，赵九章坐在机舱右排窗前。此刻，他一个人正在静静地沉思着，显得温和而又沉稳。

想去苏联取经学习放卫星，已是三个月前的事，今天终于如愿以偿，他胸中不免有种豁然开朗似的快感。然而，在这快感的背后，又有种使命的重负，悄悄地压迫在他的心头。

"581"卫星组已经成立两个多月了，虽然在"破除迷信，解放思想"这一口号的鼓舞下，各处都满腔热情、干劲冲天，纷纷开始放卫星。并且在短时间里，大家便拿出了总体方案的设计以及卫星、火箭的构造模型。

但是，到底怎么放卫星和放什么样的卫星等一系列问题，大家并未仔细考虑，也来不及考虑，而只是凭着一种热情、一种忠诚、一种新奇和神秘，关起门来搞设计。

因此，为了探索一条发展中国人造卫星和运载火箭研制的道路，为了学习和了解苏联的先进科学技术和成功的经验，同时也希望得到苏联的帮助和支持，根据中苏科学技术协定，中国科学院决定派代表团前往苏联进行考察。

昨晚，科学院领导张劲夫等，特意来看望了即将赴苏的几位科学家，并一再嘱咐说：

> 这次去苏联学习考察人造卫星和火箭技术方面的情况，一定要想法多考察些地方，多学些成功的经验。回国后，要在这次考察的基础上，尽快拿出中国人造卫星的具体方案！

是的，苏联毕竟有了多年探索的历史，毕竟有了两颗人造卫星成功的经验，此行倘若能达到预想之目的，中国研制第一颗人造卫星的步伐必然会大大加快，而且成功的把握也会大得多。但如此重任，这次能顺利完成吗？

想到此，赵九章的心底泛起一丝淡淡的隐忧。他掏出工作日记本，随手翻开，认真查看起来。

经过几个小时的飞行，中国代表团的飞机抵达莫斯科。飞机降落时，苏联有关专家和工作人员便走出候客厅，将 5 位中国专家热情地迎下舷梯。

双方经过短暂的外交礼节之后，几辆黑色小轿车便载着中国代表团悄无声息地驶向高尔基大街。

代表团到达后住进了莫斯科中国饭店，受到了热情的款待。第一天，中国代表团参观了苏联天文台；第二天，中国代表团参观了空间电子所；第三天，中国代表团看到的却是老鼠试验生物舱。

但中国代表团学习心切，因此在某些方面有些失望。于是，代表团团长赵九章在一次晚饭后的散步中，对负责接待的苏方人员安德烈说：

安德烈先生，在这一个多月的学习考察中，我们从贵国学到了不少宝贵的成功经验，对此我们深表谢意！不过，我们考察学习的时间毕竟有限，你们能否尽快安排我们看看卫星设计研究院和卫星发射场，以便让我们对发射卫星建立一个直观的认识，回国后好让我们的卫星研制得以尽快投入。

听完赵九章的话后，安德烈把目光转向一边，走了几步才回答说：

你们的心情我可以理解，但你们的这个要求，我还得请示上级有关部门。等有了明确指示，我再做安排。

两天后，苏方告知中国代表团有了新的安排。在一个阳光明媚的上午，中国代表团怀着激动的心情走进了苏联中央气象局火箭大厅。

大厅中央的一个平台上，躺着一枚探空火箭的头部，直径大约有 1 米。5 位中国专家被指定站在距火箭 3 米远的地方，听苏联一位专家介绍火箭的有关情况。

尽管中国专家们见到的只是火箭的一个脑袋，但毕竟是第一次见到苏联火箭，因此神情显得格外专注。看着看着，大家的双脚便情不自禁地朝火箭身边移动起来，想凑过去瞧瞧火箭的内部结构和控制系统到底是个什么模样。

"同志们，请留步！"陪同参观的苏方人员急忙出面阻止，并婉言解释说，按上级有关部门指示，今天的参观，没有接触火箭内部系统这项内容。中国专家们只好退回原处。

参观结束后，中国代表团回到饭店，兴奋之余又有些失落。此次苏联之行，为的就是考察火箭与卫星，可考察期限将尽，却连卫星的影子都没见着。

怎么办？如果就这么回去，怎么向自己的祖国和人民交代？最后，专家们商定，通过大使馆向苏联政府有关部门反映一下情况，要求给代表团再扩充一些新的考察内容。

同时，赵九章团长还找到安德烈先生，向他当面陈述了中国代表团的意见，希望能尽快安排一次考察卫星和发射场的活动。

安德烈听后脸上依然挂着热情的微笑，只是这微笑明显地透露出一种无可奈何的苦涩意味。不过，他还是表示一定尽快向上级反映。

时间一天天地过去，中国专家在备受煎熬的同时，都在思索着中国航天事业的出路。此时，他们并不知道中苏两国的关系已经发生了微妙的变化。从苏方工作人员那闪烁其词的谈话内容和躲躲闪闪的眼神中，他们又分明感到：这次想看卫星和发射场是不可能了。

很快，苏联有关部门向中国大使馆做了正式答复：中国代表团的这次赴苏考察，不便安排卫星研制和发射场区等考察内容，希望中方给予谅解。

转眼间，为期70天的考察已到尾声。在中国代表团离开莫斯科的前夜，几位苏联专家以朋友的身份邀请中国5位专家共进晚餐。

晚宴结束之际，苏联朋友掩饰不住内心的激动，对中国专家说，发射卫星是一个庞大的系统工程，除涉及技术领域外，还需要雄厚的经济实力。根据苏联的经验，建议中国代表团回国后，不要一开始就搞卫星发射，而应该从探空火箭搞起，这样会更现实一些，也更有把握一些。

尽管在苏联没有达到考察卫星研制工作的目的，但苏联先进的工业和科技，还是使中国的科学家们大开了眼界。

代表团回国后，对前往苏联的考察情况做了认真的总结，又对国内的现状进行了比较分析。

他们清醒地认识到，发射人造卫星，是一项技术相当复杂、综合性很强的大工程，需要较高的科学技术水平和强大的工业基础做后盾。

于是主要负责人员商量后决定，向上级部门提出两点建议：

中国的空间技术要由小到大、由低级向高级发展；中国发射人造卫星，一定要走自力更生的道路。

几位代表团成员还联名向上级有关部门写了一份详细的报告。报告指出：

卫星研制重点应立足国内，走自力更生的道路。鉴于目前我国科学技术和工业基础状况，发射人造卫星的条件尚未成熟，建议先从探空火箭搞起……

报告很快得到批准。紧接着，我国科学家依据本国国情重新制订了卫星研制计划。他们的这一建议正符合当时中央关于卫星工作的指示精神。

中央拨巨款支持搞卫星

1958 年 7 月和 9 月，中国科学院党组书记和副院长张劲夫先后两次向聂荣臻和中央报告科学家们的建议，提出有关科学院配合国防尖端研究工作情况以及研制人造地球卫星的报告。

1958 年 11 月，在武昌召开的党的八届六中全会期间，张劲夫作为中央候补委员出席会议。会议期间，他向中央委员和中央书记处汇报了科学家们对研制人造卫星的意见和计划。

计划得到了会议的赞同。中央政治局研究并决定拨两亿专款支持科学院搞卫星。

在新中国刚刚成立不久，国家在各个方面都需要用钱的情况下，能够拿出如此巨款，谁都能够掂得出它那沉甸甸的分量。

面对如此巨款，科学院党组经过认真征询科学家们的意见，慎重地研究确定：

专款重点用来建设迫切需要的高能燃料、火箭发动机和上海机电设计院运载火箭两个研究设计试验基地，以及水声工作站，风洞，581 实验室，一〇九厂，上海、大连、长春高能燃

料研究室和电子、自动化、高温金属、光学等 4
个配套工厂。

为了能够让这笔巨款早日投入使用，张劲夫请院新
技术办公室主任谷羽协调财政部文教司，又经过李先念
副总理批示，中央专款于当年年底到位。

考虑到火箭推力对卫星发展的制约，钱学森主张科
学院先行一步，研究高能燃料。

1958 年底，科学院召开高能燃料会议，组织北京、
上海、大连、长春四大化学所的精兵强将开展液体、固
体高能燃料的研制，并探索固液型、游离基及重氢燃料。

1959 年 1 月上旬，聂荣臻到上海主持第一次全国地
方科技工作会议。

在会上，他多次鼓励上海的科技界和国防科研单位，
要大力支持中国科学院搞好探空火箭和人造卫星的研制
工作。

接下来，北京火箭发动机试车基地、力学所的风洞、
上海机电设计院的火箭、北京 581 实验室的遥控仪器、
一〇九厂的半导体元件研究设施，都先后建立起来了。

这时，张劲夫向聂荣臻建议采取两条腿走路的办法，
即在五院利用苏联资料和一般燃料研究火箭的同时，科
学院发挥综合研究优势，完全靠自己探索创新，从高能
燃料入手开发研制火箭，作为五院的补充。张劲夫的建
议得到了聂荣臻的赞同。

其间，力学所二部由林鸿逊主持，在北京山区建成的两个同量级的液氧、液氢火箭发动机（星际航行运载动力）试车台上，对各化学所研制成功的若干种液体、固体燃料进行台架试验。

据记录，总共做了 100 多次发动机台架试验，终于取得了成功。

经仪器测试记录的科学数据要提供给设计单位。按国防科委要求，全部试验资料和数据转交给七机部，高能燃料由工业部门投产供应。

尽管已经做了多方面的准备工作，但要想让卫星上天，还需要做很多工作。

其中较为困难的一件事，就是研制所有装在卫星上面的仪器，要在地面上建一个平台，模拟高空真空环境，仪器在这个地方运转先试验好。

送生物上天，也要在北京建立高空模拟实验设备，就是卫星上天以后仪器怎样运转，在地面真空的条件下，所有的仪器、生物等都要先进行试验。

再加上卫星本体，搞什么仪器等。

例如热控，卫星在空中运行时，向阳面温度高达 100 摄氏度以上，背阴面低至零下 100 摄氏度以下，而仪器设备必须保持在零下 5 摄氏度至零下 40 摄氏度范围内才能正常工作。

为了解决这些问题，中国空间技术研究院院长闵桂荣等通过大量的测量、试验、计算和理论分析，采用两个所研制的多种温控涂层，使仪器舱内温度达到了总体设计要求。

与此同时，中央专委还决定，卫星任务要科学院承担，卫星本体主要由科学院研制。科学院也组织有关部门配合。

接着，科学院还利用这笔巨款在北京建立了科学仪器厂，作为人造卫星的总装厂。

中央调整空间技术计划

正当卫星工作在热火朝天地进行着的时候，我国遇到了极为严重的自然灾害。由于经济困难，两位中央常委、副总理陈云和邓小平分别对张劲夫说：

卫星还要搞，但是要推后一点，因为国家经济困难。

1959 年 1 月 21 日，主持领导卫星研制工作的张劲夫向科学院传达了邓小平的指示：

卫星明后年不放，与国力不相称，卫星还是要搞，但是要推后一点。

随后，院党组召开会议，调整空间技术计划，提出：

大腿变小腿，卫星变探空。

根据中央的方针，张劲夫提出"就汤下面"，决定：

调整机构，停止研制大型运载火箭和人造

卫星，把工作重点转到研制探空火箭上来。

聂荣臻表示，完全同意邓小平、陈云的指示和中国科学院的近期方针。目前，确实出现了科研战线拉得太长的情况，某些项目收缩一下，对集中力量研制导弹、原子弹是有好处的。

搞探空火箭，本来就是我们研究人造卫星的第一步。今后就要在研制探空火箭方面做扎实、细致、艰苦的工作。

这次调整不是任务下马，而是着重打基础，先从研制探空火箭开始，开展高空探测活动；同时开展人造卫星有关单项技术研究，以及测量、试验设备的研制，为发展中国航天器技术和地面测控技术做准备。

随后，院党组提出具体的方针：

以探空火箭练兵，高空物理探测打基础，不断探索卫星发展方向，筹建空间环境模拟试验室。

实际工作首先集中力量研制"T-7M"型气象火箭，同时，与五院合作研制"和平-1"号探空火箭。

1959年5月4日，钱学森主持了"和平-1"号火箭协作分工会议，就遥测系统、箭上仪器、结构设计、弹道测量、与靶场挂钩问题做了具体安排。五院参加会议的有刘秉彦、梁守槃等，科学院有谷羽、赵九章等。

此后，中国科学院上海机电设计院在王希季等科技人员的艰苦努力下，在研制探空火箭方面取得了可喜的成绩。

中国科学院在党中央的领导下参加"两弹一星"的研制，是在很特殊的时代背景下进行的。二十世纪五六十年代，新中国成立不久，中国的工业化正在开展，我们的国力不强，科研力量不强，条件很艰苦，是真正的白手起家，是真正的创业。可是，我们有党的坚强领导，有中央的正确方针、政策，我们靠的是一批从国外回来的有高度爱国心的科学家，又靠他们带出一批年轻的科学家，他们靠的是一种崇高的精神，一种为了祖国富强而献身的精神。

二、 研制探空火箭

● 1960 年 2 月 19 日，中国第一枚自己设计研制的液体火箭"T－7M"，终于竖立在了 20 米高的发射架上。

● 毛泽东举起手中的产品说明书，在空中使劲挥了挥说："了不起呀，8 公里也了不起！我们就要这样，8 公里、20 公里、200 公里地搞下去！搞它个天翻地覆！"

● 20 世纪 60 年代初、中期，中国在探空火箭领域获得突破性进展，为中国后来开展人造卫星的研制打下了必要的基础。

研制探空火箭为发射卫星开路

1959 年，我国开始正式研制探空火箭。

在制订探空火箭最初方案时，一开始就把起点定得很高很高：要研制一种技术指标相当先进的有控制能力的大型火箭，即"T－5"探空火箭！

探空火箭究竟如何起步？到底应该先研制什么型号，再研制什么型号？对我国的科学家来说，他们都没有经验，也没有现实的把握。没有先例，没有外援，在这样的情况下，一切只能靠自己。

探空火箭是指在近地空间进行探测和科学试验的火箭。利用探空火箭可以在高度方向探测大气各层结构成分和参数，研究电离层、地磁层宇宙线、太阳紫外线和X 射线、陨尘等多种日—地物理现象。

探空火箭所获取的资料可用于天气预报、地球和天文物理研究，为弹道导弹、运载火箭、人造卫星、载人飞船等飞行器的研制提供必要的环境参数。探空火箭还可用于某些特殊问题的试验研究，如利用探空火箭提供的失重状态研究生物机体的变化和适应性，利用探空火箭进行新技术和仪器设备的验证性试验等。

探空火箭一般为无控制火箭，具有结构简单、成本低廉、发射方便等优点。它更适用于临时观察短时间出现的特殊自然现象（如极光、日食、太阳爆发等）和持续观察某些随时间、地点变化的自然现象（如天气）。

发射无控制火箭有一些特殊技术要求，主要是：保证飞行稳定，达到预定的探测高度和减少弹道顶点和落点的散布。我国在刚刚开始研制火箭的时候，研制工作还是走了些弯路。

"T-5"探空火箭的技术指标相当先进。而这支初步组织起来的队伍，年龄结构相当年轻，大多数人都缺乏火箭方面的专门知识，实践经验更是无从谈起。一开始就要攻克"T-5"探空火箭无疑会困难重重。

在试验设备、加工条件、技术资料方面，也同样存在许多困难。比如，在设计"T-5"火箭时，由于没有电子计算机，便只能用电动计算机进行计算。没有大型发动机试车台，又不具备供应、贮存、运输和加注液氧的设施，致使发动机的研制工作无法进行。

由于各种因素的影响，整个"T-5"探空火箭的研制工作只好中止了。

首次试飞液体火箭成功

面对这种情况，在杨南生副院长和总工程师王希季的组织领导下，研制工作转向了"T－7M"无控制探空火箭。

"T－7M"火箭是由液体燃料主火箭和固体燃料助推器串联起来的两级无控制火箭。这种火箭的总长度为5345毫米，主火箭推力为113公斤，飞行高度为8至10公里。

研制期间，为了保证该火箭的发动机启动安全、工作可靠，决定采用爆破薄膜为启动阀，并要求薄膜控制爆破力的精度达到±0.25个大气压。

为此，薄膜的铣削深度公差应保证在0.005毫米以内。两位平均年龄只有20岁的姑娘勇敢地承担了这一艰巨的任务。

由于当时没有所需要的设备，她俩便自己动手把针头磨成微型刻刀，先在印刷纸上刻出所需的图案，然后再把印刷纸贴到丝绢上。经过这样近千次的试验，终于达到了设计要求。

1960年2月19日，中国第一枚自己设计研制的液体火箭"T－7M"，终于竖立在了20米高的发射架上。

1960年3月，为研制火箭，科学院建立了代号为603

的火箭发射试验基地。在那里成功进行了探空火箭和固体助推器串联起来的无控制火箭试验。

发射场位于上海南汇县的一个老港镇上。发射现场条件异常简陋，只有一台借来的 50 千瓦的发电机放在地上，四周用芦席一围，顶上再盖一张油布篷，就成了"发电站"。

"发电站"离发射架和"指挥所"虽然只有 100 多米，但中间横着一条漂着死鱼的小河。没有步话机，更没有电话，甚至连一个广播喇叭也被迫省略。

因此，每当发射场总指挥下达命令时，只能扯着嗓门大声喊叫，或者挥动手臂使劲打哑语。更叫人无法想象的是，给火箭加注推进剂时，没有专用加注设备，只好用自行车打气筒做压力源；没有自动的遥测定向天线，就靠几个人用手转动天线去跟踪火箭。

此刻，火箭设计总工程师王希季正站在简易的指挥所里，既显得激动而自信，又充满了惶惑与焦虑。阴冷的寒风嗖嗖刮来，使他瘦弱的身子更显单薄。

随着一声令下，火箭腾空而起，直冲云霄。尽管这次试验火箭的飞行高度只有 8 公里，但这却是我国向航天领域迈出的第一步，同样具有重大意义。

中央领导参观探空火箭模型

1960 年 4 月 18 日，聂荣臻副总理在张劲夫、钱学森的陪同下，冒雨来到位于上海江湾机场内的简易试车台，视察"T－7M"火箭发动机的热试车，对火箭发动机专家们给予热情的鼓励。

1960 年 5 月 28 日，毛泽东、杨尚昆等到上海新技术展览会尖端技术展览室参观了"T－7M"火箭。毛泽东迈着轻松的步子，走进上海新技术展览会尖端技术展览室。

展览室的中央，摆着探空火箭的模型。新奇的火箭模型，吸引着各界参观的人群。人们一边观看，一边议论纷纷，都为新的共和国在如此短的时间内便拥有这样一枚探空火箭而感到无比兴奋和自豪。

毛泽东一进大厅，便径自朝探空火箭的模型走去。他先询问了这枚火箭的研制情况，又了解了有关科技人员的生活现状，然后拿起产品说明书粗略地翻了一下，这才指着火箭问道："这家伙能飞多高？"

"8 公里！"讲解员回答说。

毛泽东轻轻"哦"了一声，但他很快便笑了，并举起手中的产品说明书在空中使劲儿挥了挥说：

了不起，八公里也了不起！我们就要这样，八公里、二十公里、二百公里地搞下去！搞它个天翻地覆！

说完后，毛泽东疾步向火箭走去，用手轻轻在火箭的尾部拍了两下，接着又去视察别的项目了。

1960 年 9 月 13 日，在安徽省广德县山区，我国成功发射了第一枚 "T – 7M" 型高空气象火箭。火箭重量达 1138 公斤，飞行高度 60 公里，携带着 25 公斤的气象探测仪器。

"T – 7M" 型高空气象火箭的发射成功，是中国在人造卫星的研制中取得的第一个重要成绩。

后来在这个基础上改进提高，最大飞行高度达 115 公里，箭头、箭体分离后分别用降落伞回收，不但满足了气象探测，也为高空生物和地球物理探测开创了条件。

火箭领域取得突破性进展

苏联载人飞船进入太空，引起我国科技界和国防部门的极大关注。中国科学院组织了星际航行座谈会，由裴丽生副院长主持，每一次由一个专家主讲一个专题。

1961 年 6 月 3 日的第一次座谈会，由钱学森做题为《今天苏联及美国星际航行中的火箭动力及其展望》的中心发言；第二次由赵九章讲《卫星的科学探测和气象火箭测量》。

每次中心发言后，他们都请科学家各抒己见，畅所欲言。人们得出一个共识，搞卫星，实际与导弹是互为表里、互为作用的。发射卫星与发射导弹所需要的火箭加速是一回事。

大家还就发射卫星是用二级还是三级火箭进行过不同意见的热烈讨论，后来相继报告和讨论了卫星的通信和测控、卫星本体温度控制等各种科技问题。

座谈会延续了三年，共举办了 12 次，提出了许多有益的设想和建议。这不仅活跃了学术思想，而且为后来的卫星上马提供了知识储备。

但是，由于三年经济困难的影响，再加上苏联单方面撕毁新技术协定，在国防尖端项目研究"缩短战线"的政策调整中，中国的卫星研究先是悄悄地退到一旁，然后便淡出了人们的视野。

1960 年至 1965 年，在 "603" 基地，仅 "T – 7M" 型火箭就进行了 9 批次 24 发高空科学探测试验。

火箭上遥控和摄影系统正常、生物舱安全的回收，为我国宇宙生物学研究和生物保障工程设计开了先河，为卫星上天做了充分的准备。

针对火箭领域取得的成果，国防部五院致函中国科学院，祝贺生物火箭试验成功！

紧接着，中国科学院围绕气象、物理、生物等高空火箭探测的攻关目标，组织全院数、理、化、天、地、生、技术科学等多学科通力合作，科研、设计、工艺、制造、试验等多兵种联合作战。

在院党组的统一领导下，经过 7 年坚持不懈的努力，特别是在 3 年经济极端困难的条件下，吃不饱饭，营养不良，许多科技人员和工人身体浮肿，但他们忘我工作，出色地完成了集中力量研制探空火箭的任务，为卫星上天作出了杰出的贡献。

同时，科学院还培养锻炼了一支我国自己的航天科学技术队伍，积累了总体设计、组织计划、实验条件建设、分系统协调、质量分析、调度指挥等人造卫星科技工程方面的宝贵经验。

与此同时，科学院新技术局按照院党组的要求，组织有关研究所人员为人造卫星开展了一系列准备和预研工作。

20世纪60年代初、中期，中国在探空火箭领域获得了首批次有价值的高空物理环境参数探测资料和高空生物试验数据，在空气动力学、轨道运行理论、热控制技术、火箭发动机及推进剂、姿态控制技术、火箭回收技术、无线电及空间电子学、空间环境模拟设备、空间物理学以及空间医学工程、生态环境工程等方面的研究和研制工作中也取得了一批成果，为中国后来开展人造卫星的研制打下了必要的基础。

实践证明，中央调整空间技术计划是完全必要的。

三、 进行卫星研制

● 1965 年 5 月 6 日，中央专委第十二次会议批准了国防科委提出的 1970 年至 1971 年发射我国第一颗人造卫星的报告，将研制卫星列入国家计划。

● 孙家栋刚上任不久便下达任务："以中国科学院的专家为主，再从别处抽调一些优秀人才，尽快着手组建卫星总体设计部。"

● 1965 年 10 月 20 日，中国科学院召开中国第一颗人造地球卫星总体方案论证会，将总的要求概括为四句话 12 个字："上得去，跟得上，看得见，听得到。"

卫星研制提上议事日程

1964 年 12 月，在全国三届人大会议期间，著名地球物理学家赵九章，向周恩来递交了一份关于尽快规划中国人造卫星问题的建议书，引起了周恩来的关注。

与此同时，钱学森也写了一份建议书，建议我国暂停研制的人造卫星应该重新上马。

钱学森写道：

> 自苏联 1957 年 10 月 4 日发射第一颗人造卫星以来，中国科学院和国防部第五研究院对这些技术都有过一些考虑，但未作为一项研制任务。现在看来，弹道导弹已有一定基础，如进一步发展，即能发射携带仪器的卫星，计划中的洲际导弹也有发射人造卫星的能力。工作是艰苦复杂的，必须及早开展有关研究，才能到时拿出东西。因此，建议早日主持制订研究计划，列入国家计划，促其发展。

1965 年 1 月，周恩来批示科学院提出具体方案，因此，在 581 的基础上，将 651 定为卫星任务的代号。

2 月初，聂荣臻在看过钱学森写的报告之后，作出如下批示：

> 我国导弹必须有步骤地向远程、洲际和人造卫星发展，这点我一直很明确。人造卫星早就有过考虑，但过去由于中程弹道式导弹还未搞出来，技术力量安排上有困难，所以一直未正式提出这个问题。钱的这个建议，我同意，请张爱萍邀钱学森、张劲夫等有关同志及部门座谈一下，只要力量上有可能，就要积极去搞。步骤上，还是先把中程导弹搞出来，作为运载工具。头部（卫星）要与中国科学院结合起来，充分利用地球物理所及搞探空技术的力量。如何分工，请在座谈会上研究一下。可考虑卫星以中国科学院为主进行研制。

中共中央及时作出了中央专委除管原子能工业、核武器研制外，还要管导弹的决定，增补余秋里、王诤、邱创成、方强、王秉璋、袁宝华、吕东（接替王鹤寿）等7人为中央专委委员。

与此同时，周恩来指示杨成武安排由吴克华抓紧组建第二炮兵；指出"两弹结合"试验，要从"东风－2"号抓起；设法保证中央专门委员会的工作重点顺利地转移到战略导弹和人造卫星上来。

3月，在张爱萍的主持下，国防科委召开了发展我国人造卫星的可行性座谈会。张劲夫、钱学森、孙俊人、赵九章、吕强等30余位专家、学者出席了会议。

会上，与会者对发射人造卫星的必要性和可行性进行了充分的讨论，并对运载工具的选择及卫星的重量问题也进行了初步的分析。

最后一致认为，现在技术基础已经具备，研制和发射卫星在政治上、军事上和科技上都有重要意义，应该统一规划，有步骤地开展卫星工程的研制。

卫星研制列入国家计划

1965 年 4 月 29 日，国防科委根据座谈意见，向中央专委提出 1970 年至 1971 年发射我国第一颗人造卫星的报告，建议卫星工程总体及卫星本体由中国科学院负责；运载火箭由七机部负责；地面观测、跟踪、遥控系统以四机部为主，科学院配合。

中央专门委员会是 1962 年成立的，简称中央专委，以前是管"两弹"的，后来负责卫星的研制。周恩来为主任，罗瑞卿为秘书长。

5 月 6 日，在中央专委第十二次会议上批准了该报告，将研制卫星列入国家计划。

中央专委同时指示：

> 以中国科学院为主，负责发射人造卫星的总体设计和技术总抓，由四机部、七机部及总后勤部军事医学院等部门协作。

5 月 31 日，中科院新技术局副处长舒润达代表院领导，正式宣布成立卫星本体组、"581"组、轨道组、生物组和地面设备组，并要求在 6 月 10 日前必须拿出第一颗人造卫星方案设想和卫星系列规划轮廓。

接到任务后，有关人员立即展开设计工作。赵九章和钱骥配合院领导负责全面组织工作，钱骥还亲自带领18位业务骨干定期会商。

虽然专搞卫星的只有何正华、潘厚任、胡其正三人，但他们在原有基础上，只用了10天时间，便拿出了第一颗人造卫星的初步方案。

方案归纳为三张图一张表：用红蓝铅笔画成的卫星外形图、结构布局图、卫星运行星下点轨迹图和主要技术参数及分系统组成表。

初步方案搞出后，给卫星起名字却让这些在科学领域游刃有余的工作者犯了难。后来，卫星总体组组长何正华提议：

我看就先叫它"东方红－1"号吧！

这一提议得到了众人一致的赞同。于是卫星组携带着"东方红－1"号卫星的初步方案，先后到文津街3号科学院院部和国防科委大楼，分别向张劲夫等科学院领导和罗舜初等国防科委领导做了详细汇报。

与此同时，钱骥等人带着方案直接向周恩来汇报。

钱骥在晚年的回忆中这样记述了当时的情景：

汇报中，当周恩来总理得知我姓钱时，便握着我的手对众人风趣地说："我们的卫星总设计师也姓钱，看来我们搞原子弹、导弹和卫星，都离不开钱啊！"周总理的平易近人，一下打消了我的紧张情绪，会议室里顿时活跃起来。

钱骥，这个在我国航空领域功不可没的一代功臣，在科学界也是叱咤风云、硕果累累。

早在1957年苏联卫星刚上天不久，一直跟随赵九章从事地球物理研究的钱骥，便敏锐地预测到空间科学技术未来的发展。

钱骥积极撰写文章，提供大量资料，日夜奔忙于地球物理、天文、力学、自动化和生物等领域，为促进中国空间科学技术的诞生而穿针引线、奔走呼喊。

1958年，"581"卫星小组成立，钱骥被任命为副主任。为实现让中国的卫星早日上天的愿望，他带领一批年轻的技术骨干，建立机构，跟踪国外刚刚掀起的空间科学技术，探讨人造卫星的基本研究课题，开展我国人造卫星方案的探索研究。

并且，钱骥把工作重点放在人造卫星应用基础的研究上，对卫星总体、结构、天线、环境模拟理论以及空间环境探测仪器进行了大量研究并取得了阶段性的成果，为我国后来研制人造卫星打下了良好的基础。

1964年，随着国民经济调整任务的完成，钱骥主动协助赵九章给中央写报告，建议加速我国空间技术发展，将人造卫星早日列入国家规划之中。

1965 年 9 月，中国科学院组建人造卫星设计院，赵九章被任命为技术负责人，主要负责机构组建，并领导卫星总体设计组开始拟订第一颗人造卫星的总体方案。而钱骥就是其中重要的一员。

中科院呈报发射卫星规划方案

1965 年 7 月 1 日，中国科学院将《关于发展我国人造卫星工作的规划方案建议》呈报到中央专委。

这个建议就发射人造卫星的主要目的、十年奋斗和发展步骤、我国第一颗人造卫星可供选择的三个方案、卫星轨道选择和地面观测网的建立、重要建议和措施等五个问题做了论述。

同时，还有三个附件：国外空间活动及人造卫星发展概况；六种主要人造卫星的本体设计方案；人造卫星轨道设计方案。

这份报告还提出了中国发展空间技术的指导原则，其主要内容是：

1. 以我为主，走自己的路。根据我国自己的需要来确定卫星种类，根据我国特殊条件来确定技术途径。赶超问题要以解决自己的需要为衡量标准。

2. 要大力协同，充分发挥社会主义优越性。

3. 卫星工程综合性强、协作面广，必须统一领导、集中管理。

4. 人造卫星要采取由易到难，由低到高，循序渐进，逐步发展的方针。首先以科学试验卫星开路，然后再发展以返回式卫星为重点的应用卫星系列。

5. 发射卫星的运载工具，在初期以中远程火箭为基础，进行适当修改或配以专门研制的末级火箭发动机，下一步再发展大推力运载火箭。

6. 第一颗人造卫星和初期卫星的发射，应利用已有的火箭发射试验基础，同时要在适当地点建立新的发射场。

7. 地面观测系统研制周期长、工作量大，必须分期建设，以近为主，远近结合。

中科院在做此规则时，迫于当时的国际环境（美国对中国长期的技术封锁和 1960 年中苏关系的恶化），除了从国防建设和科学技术发展方面进行考虑外，还特别强调了人造卫星的政治意义。

7 月 2 日，聂荣臻专门听取了张劲夫、张震寰的汇报，内容是中国科学院提出的发射第一颗人造卫星的方案。

听完汇报后，聂荣臻说：

研制、发射人造卫星是个很复杂的任务，要很好地分工。卫星本身真正代表了一个国家的科学尖端，它过了关，可以带动一系列技术的发展。运载火箭及其第三级火箭还是由七机部研制。

停留片刻后，他又接着说：

我国的第一颗卫星能发射上天，能听到、看到，考验了运载工具和探测仪器就不错了。为抓好研制、发射人造卫星这项工作，需要组织一个专门的委员会或小组，下设一个业务局做具体工作。我国究竟需要发射一些什么型号的卫星，要很好论证、研究。型号不要太多……

西北导弹试验基地将来要成为一个基本的卫星发射试验基地，搞一些可以移动的测量设备，搞一些临时的或辅助的试验基地。

半个月以后，聂荣臻在听取七机部领导王秉璋、钱学森等人汇报时，又谈到了卫星的问题。他说："如果运载工具1969年能搞出来，1970年放人造卫星是可能的。人造卫星的研制由中国科学院担任，这个担子已不轻。运载工具包括第三级火箭，应由七机部搞。第一颗人造卫星不必搞什么更多的科学探测，只要放上去，送入轨道，能转起来，听得着，看得见，就行。成功后，再搞通信、侦察、气象等卫星。"

8月2日，周恩来主持中央专委会议，原则批准了中国科学院《关于发展我国人造卫星工作规划方案建议》，确定将人造卫星研制列为国家尖端技术发展的一项重大任务。

会上，中央专委会对第一颗人造卫星提出具体要求：

> 必须考虑到政治影响。我国第一颗人造卫星应该比苏美第一颗卫星先进，表现在比他们重量重、发射机的功率大、工作寿命长、技术新、听得见。

专委会上还确定了卫星工程由国防科委负责组织协调，卫星本体和地面检测系统由中国科学院负责，运载火箭由七机部、卫星发射场由国防科委试验基地负责建设。同时，还确定了中国发展人造卫星的方针是：

> 由简到繁，由易到难，从低级到高级，循序渐进，逐步发展。

这样，中国第一颗人造卫星便开始进入了工程研制阶段。为全国协作方便和保密起见，加上提出搞人造卫星建议的时间是1965年1月，便把搞人造卫星的代号定为"651"任务。

自此，中国第一颗人造卫星的研制任务正式启动。

成立卫星研制相应机构

1965 年 8 月 9 日，中央专委第十三次会议讨论并原则批准了这个规划方案，确定国防科委负责组织协调；科学院可先按此规划开展工作。钱学森作为中央专委委员，出席了这次会议。

8 月中旬，科学院召开会议，钱学森传达了中央专委的决定，讨论卫星工作的任务落实和组织落实。决定成立三个组织：

> 卫星任务领导小组，组长谷羽，副组长杨刚毅、赵九章；
>
> 卫星总体设计组，组长赵九章，副组长郭永怀、王大珩；
>
> 卫星任务办公室，主任陆绶观。

9 月下旬，中国科学院在力学所礼堂连续召开了三次有关人造地球卫星的工程技术人员会议。张劲夫在会上号召大家从各个角度来谈人造卫星的设计方案。

最后，中国科学院"581"组提出的方案获得了会议的一致赞同。中国科学院在卫星的研制过程中发挥了重大作用，17 年中对中国乃至世界所作出的贡献是巨大的，也是不容否认的。

建院初期，小小科学院的科研人员不过几百人，到1956年初，研究机构便发展到44个，总人数发展到8068人。

在此期间，中国科学院在许多科学领域中作出巨大贡献，单就发展中国第一颗人造卫星而言，便不容忽视。中国科学院自1958年1月成立"581"卫星小组之日起，便一直默默从事着第一颗人造卫星的研制工作。

从当时中国的技术实力看，中国科学院提出第一颗人造卫星的设想并付诸行动，是相当及时而又英明大胆的。

在之后的几年里，虽然由于种种原因，人造卫星的研究机构曾做过多次调整，但"581"卫星小组始终没有解散，工作也从未有过停歇，所有从事卫星研究的人员一直紧紧跟踪注视着外国卫星技术的发展和动向，确保了几项人造卫星本体预研所必须具备的基本技术。

因此，到1964年赵九章和钱学森再次提出研制人造卫星时，就有了相当的基础，从而使工作得以迅速开展。尤其是在进行第一颗人造卫星方案的论证中，中国科学院集中技术力量，解决了其他任何单位也无法解决的两个重大关键问题：

一是关于卫星的初轨测定及轨道精化方法问题；二是卫星轨道的倾角问题。

在此后短短的一年时间里，还成功研制出了中国第一颗人造卫星的初样星。

1965 年 10 月 19 日，裴丽生主持召开了"651"会议的预备会，并在会上形成如下决定：

> 卫星领导小组组长由裴丽生担任，具体领导工作由谷羽负责；
> 卫星总体组由杨刚毅、赵九章负责；
> 卫星本体组由王跃华、钱骥负责；
> 卫星地面组由吕强、王大珩、陈芳允负责。

这样，便为下一步全国性的卫星方案论证做好了方方面面的准备。

进行卫星研制

论证确定卫星总体方案

1965 年 10 月 20 日，中国科学院受国防科委的委托，由裴丽生在北京友谊宾馆召开中国第一颗人造卫星方案论证会。这是新中国航天科技历史上一次著名的会议。

这次会议由中国科学院副院长裴丽生主持，杨刚毅负责会议组织工作。出席会议的有：国防科委、国防工办、国家科委、总参、海军、空军、二炮、一机部、四机部、七机部、通信兵部、邮电部、二十试验基地、军事科学院以及中国科学院 13 个研究所的代表。

裴丽生、罗舜初、张震寰先后在会上讲了话。

赵九章就卫星的总体设计问题做了总结发言。

钱骥就卫星的本体设计问题做了总结讲话。

会议期间，钱骥报告了中国第一颗人造卫星总体方案，并对有关卫星重大问题进行了反复的慎重的讨论，确定我国第一颗卫星为科学试验卫星，主要为发展我国对地观测、通信、广播、气象、预警等各种应用卫星取得基本经验和设计数据。

会议确定具体任务是：

1. 测量卫星本体的工程参数；
2. 探测空间环境参数；

3. 奠定卫星轨道参数和遥测遥控的物质技术基础。

会议期间，周恩来和中央其他领导人还特别邀请与会全体代表，在人民大会堂小礼堂一起观看文艺演出，鼓励大伙集思广益，献计献策，搞好第一颗卫星方案的论证工作。

经过论证，会议初步确定了第一颗人造卫星的总体方案，并将总的要求概括为四句话 12 个字：

上得去，听得到，看得见，跟得上。

总体组何正华建议：

第一颗卫星为一米级，命名为"东方红－1"号，并在卫星上播放《东方红》乐曲，让全世界人民听到。

何正华的建议得到了与会专家的赞同。

会上还较为保密地论证了一个议题，就是中国的第一颗卫星重量如何确定。

这一问题涉及导弹武器的水平。

因为早期发射卫星的运载工具，都是在导弹的基础上发展起来的。放卫星实质上就是在展现一个国家的军事实力。

虽然中国卫星工程起步较晚，但专家们都认为，中国的起点要高，第一颗卫星在重量、技术上要做到比美国、苏联第一颗卫星先进。

苏联第一颗卫星重量为 83.6 公斤，美国的第一颗卫星只有 8.2 公斤。

会议最后确定中国第一颗卫星为 100 公斤左右（实际上，最后上天时是 173 公斤）。

11 月 30 日，历时 42 天的会议落下了帷幕。会议时间之长，规模之大，内容之多，可谓史无前例。

四、 实施研制方案

●1966 年 1 月，中央宣布成立中国科学院卫星设计院，代号 651 设计院，公开名称为"科学仪器设计院"。赵九章任院长，杨刚毅任党委书记，钱骥等为副院长。

●1967 年 12 月，国防科委再次召开第一颗人造卫星研制工作会议，审定了总体方案和各系统方案，正式命名第一颗人造卫星为"东方红-1"号。

●周恩来望着航天专家们依依不舍的神情，便以豪迈的语调高声对大家说："同志们，大胆地干去吧！搞科学试验嘛，成功和失败的可能性都存在。"

赵九章担任卫星设计院院长

1966 年 1 月，中央宣布成立中国科学院卫星设计院，代号 651 设计院，公开名称为"科学仪器设计院"。赵九章任院长，杨刚毅任党委书记，钱骥等为副院长。

651 设计院"东方红－1"号卫星总体组由钱骥副院长领导，全组 11 个人：组长负责全面，并侧重结构、环境条件及运载工具协调；副组长负责电器部分包括整星电路、电缆布局、连接安装等；成员分别负责卫星跟踪测轨系统、轨道设计、遥测系统、电源系统、姿态控制、结构系统等；总体组确定"东方红－1"号分系统的组成是《东方红》乐音装置、短波遥测、跟踪、天线、结构、热控、能源和姿态测量等。

赵九章被任命为 651 设计院院长，这无疑是个沉重的担子，而这个看似文弱的科学家却出色地完成了党交给他的任务。

赵九章生于 1907 年，浙江吴兴县人。1933 年，他从清华大学物理系毕业后，便留学德国，并于 1938 年获德国柏林大学气象学博士学位。

1939 年回国后，他担任了西南联大的教授。1944 年，曾开拓中国近代气象学的著名气象学家和地理学家竺可桢先生，将中央研究院气象研究所所长的重担放在

了赵九章的肩上。

新中国成立后，赵九章出任中国科学院地球物理研究所所长，并于1955年被推选为中国科学院地学部委员，同时还当选为中国气象学会理事长和中国地球物理学会理事长。

竺可桢先生在1945年4月5日对赵九章出任气象研究所所长时曾经有过这样一段评价：

> 九章到所10个月，对所里行政大事改进和研究指导有方，且物理为气象之基本训练，日后进步非从物理着手不行，故赵代所长主持，将来希望自无限量。

赵九章果然不负众望。这位在国内外享有盛誉的地球物理学家、气象学家、空间物理学家，后来在发展中国气象学、固体地球物理学和空间科学方面，作出了极其重大的贡献。

赵九章不仅具有开拓精神，而且心胸广阔，富有卓识远见。早在中华人民共和国成立初期，他就积极培植和推动了与空间探测有关的基础研究。

在国际地球物理年活动期间，他作为中国委员会的副主席，协助竺可桢主席积极组织和改进中国地球物理综合观测，扩大了这一研究领域，为在中国开展空间探测打下了基础。

利用人造卫星对空间进行探测，是国际地球物理年活动的重要内容。苏联卫星刚一上天，赵九章对此便在报上发表了热情洋溢的文章，以其敏锐的科学远见指出："人造卫星的发射，是空间探测新的里程碑。"

作为中国地球物理研究所的所长，他理所当然地要考虑中国的人造卫星。他首次向中国科学院党组提出了研制中国人造卫星的计划和相应的机构问题。在他和钱学森的积极倡导组织下，中国科学院很快成立了卫星工作组——"581"组。

赵九章作为该组常务副组长，除了从各临近学科抽调精干的科研技术人员组成工作班子外，还在科技大学创办了包括遥感、遥测、大气物理和空间物理专业在内的地球物理系，并亲自兼任系主任，讲授空间物理学，为我国培养了大批大气物理、固体地球物理和空间物理方面的科技人才。

同时，在地球所内，他还亲自领导了一个研究组，开展对空间物理的研究。中国的第一本《高空物理学》，便是出自他的手笔。

赵九章既有深厚的学识基础理论，又有丰富的实践经验，因此，在思考中国的航天事业该怎样起航时，他便具有了比一般人更为广阔的胸怀和更为高远的目光。

中国的人造卫星刚一起步，他就把目光投向卫星已经升起的苏联。因为他知道，探索空间、开发宇宙，是全人类的共同使命。中国若能借助苏联先进的翅膀，便可加快实现腾飞。

在赵九章院长的带领下，总体组与卫星办公室密切合作，将千头万绪的研制任务分解为一个个具体课题，制成数百张任务卡片，下达到各研究所。

用自己的手送我国的卫星上天，这是广大科技人员多年的热切期望。因此大家群情激奋，热血沸腾，接到任务的广大科技人员更是兴奋不已。

在中关村科学城里，白天可以看到大家忘我工作的场面，晚上也是科研和宿舍大楼灯火通明。各分系统密切配合，"东方红-1"号卫星研制的进展非常迅速。

为确保卫星的质量，总体组于1967年1月提出"东方红-1"号研制工作分为：模样、初样、试样和正样四个阶段。

各分系统首先制作实验线路，装出性能样机，证明技术上可行、生产上可能，由总体组指派验收组进行验收通过后出模样星。通过解决模样星总装试验出现的矛盾，确定协调参数，在此基础上拟订各分系统的初样研制任务书。用初样产品总装出考核卫星结构设计、热控制设计等的结构星、温控星等。

通过试验，改进，再试验，再改进，直至达到设计要求。然后协调确定研制试样星以及正样星的技术规范。

面对艰苦的科研活动，不但科研人员在做，科研管理人员在全力以赴为一线服务的同时，也积极想办法。自动化所党委书记吕强同志谈过这样一个事情：

一次他们所在室外做一个部件试验，时值隆冬，寒风凛冽，同志们进行操作，1次，2次，3次……几个小时过去了，丝毫没有成功的迹象。

他建议："同志们吃夜宵后再说。"可是大家纹丝不动。他十分着急，顾不得一切，壮着胆为试验"出点子"说："把那个小帽子反过来试试看。"没想到试验竟然获得了成功。在场的同志们鼓掌呀，跳跃呀，好一场盛况！

当然，他并不明白成功的道理，可这却是科学院群策群力攻关的一个缩影。

发射卫星最重要的是地面跟踪测轨问题。赵九章所长曾说过这样的话，试想一颗几米尺度的卫星送上轨道后，就像几公里之外的一只苍蝇，如果不能紧紧抓住，如何去找它？

因此，发射卫星，首先要把卫星运行规律、轨道计算、测量、预报以及跟踪站的布设等搞得一清二楚。科学院理所应当把此任务承担起来，先走一步。他请数学所关肇直所长立即组织人员落实此事。

1966年1月到3月，在651设计院组织有关专家对短弧段跟踪定轨进行大量模拟计算和分析研究的基础上，肯定多站多普勒独立测轨的方案，使我国中低轨道卫星的跟踪测轨系统形成了中国自己的特色。

3月22日至30日，召开地面观测系统方案论证会，审定了各分系统的方案。

不久，在4月召开的两次轨道选择会议上，根据实际需要和可能，与会者一致得出了将轨道倾角从 40 度左右增大到 70 度左右的结论，不仅从根本上改善了卫星轨道的总体性能，而且节省了地面站建设的大量投资。

中国科学院与国防部五院、四机部及全国许多部门、单位密切合作，卫星研制工作有了不断进展。自动化所、电子所等地面设施一个一个地建立起来了。此时，科学院的卫星研制基本完成。

1967 年 1 月之后，科学院卫星研制科研队伍、试验基地、科研设施、工厂，以及研制任务一起交给了国防部门。1968 年成立了中国空间技术研究院，继续完成了"东方红 – 1"号卫星的研制工作。

刘承熙设计卫星音乐装置

在"东方红－1"号人造卫星最后一次方案论证会上，发射内容被抽象地概括为了四句话：

上得去，听得到，看得见，跟得上。

其中，"听得见"这三个字，就是指"东方红－1"号人造卫星上天后，不仅要能在天上面对全球高唱《东方红》，而且，地上还必须要"听得见"天上高唱的《东方红》；唯有如此，方能证明天上的卫星的确唱了《东方红》。

为此，"听得见"这三个普通而简单的字眼便显得意义非凡，格外沉重。

一个令人十分尴尬的难题是：到底是让上天后的卫星唱《东方红》的全曲，还是只唱《东方红》的部分音节？尽管反复商讨、研究多次，但到底采用何种方案，始终定不下来，谁也不敢定下来。问题便发展到用正式报告的形式，把两种方案都同时交给了中央。聂荣臻、周恩来等人审罢报告后，批准了上天后的卫星只唱《东方红》前 8 个音节这一方案。

接受这项任务的刘承熙是个只有 32 岁的江苏无

锡人。

1966 年 8 月的一天，室里领导找他谈话：由他负责组织几个人，完成"东方红 – 1"号卫星在太空播放《东方红》乐曲的任务。

刘承熙一听，高兴得简直不知道说什么好了，当即便满口答应下来，并表态说："请组织放心，一定保证完成任务！"而且，一听是让卫星在太空高唱《东方红》，他的心情就有一种说不出来的激动，仿佛《东方红》那清新浑厚的旋律，顿时便在心中鸣响起来。

《东方红》全曲共是 16 小节，若全曲播放一遍，需要 40 秒钟。上级已经批准，只让卫星播放"东方红，太阳升，中国出了个毛泽东"这前 8 个小节，但如何巧妙而又合理地来处理好前 8 个小节呢？

经过认真反复的分析研究后，刘承熙决定做这样的设计：为突出思想主题，在 40 秒钟内先重复播送两遍《东方红》乐曲的前 8 个小节，然后间隔 5 秒钟，再继续播送《东方红》乐曲的前 8 个小节。这样，为了简化卫星结构和减轻卫星重量，用一个发射机，便可实现交替传送《东方红》乐音和遥测信号的目的。

但这《东方红》乐曲是面对全世界播放，究竟模仿什么乐器的声音更悦耳动听呢？

刘承熙苦思冥想，他反复搜索自己脑子里贮存的音乐信息，寻找着跳动的音符。最后，他突然想起北京火车站钟楼的报时声。他高兴地跳了起来，一拍脑袋，说：

实施研制方案

"有了！"

于是，刘承熙当晚便挤上公共汽车，赶到北京车站。他站在钟楼之下，反复聆听了好几遍。那悠扬悦耳的钟声，声声震荡着他那颗焦虑而又急切的心，令他浮想联翩，茅塞顿开。直到很晚很晚，末班车已经收车了，他才恋恋不舍地满脑子琢磨着乐曲离开了北京车站。

接着，刘承熙又开始打听北京的大小乐器商店，打听到一家，便跑去一家。他同商店负责人协商好后，逐一对钢琴、扬琴、柳琴、手风琴以及三弦、琵琶、二胡、提琴、黑管、双簧管、长笛等乐器进行仔细聆听，反复揣摩，看到底模仿哪一种乐器的声音演奏《东方红》乐曲更为恰当。

那些天里，刘承熙从早到晚满街跑，满脑子飘荡着的全是各种乐器声。甚至时至夜半，躺在床上的他仍在琢磨玩味：若是采用钢琴声，声音倒是浑厚深沉，但又太复杂；若是采用风琴声，音色倒是优美，但又不够明亮；要是采用长笛或双簧管，声音虽然悠扬而明快，但似乎又显单调了点。

这件事折磨了他整整一个星期，最后他终于选定了一种叫铝板琴的声音。因为这种声音不仅清晰、悦耳、动听，而且实现起来线路简单，可靠性强。

于是，刘承熙和其他几位同事，在北京乐器研究所和上海国光口琴厂的大力协助和支持下，决定采用北京车站钟声的节奏和铝板琴的琴声。但他考虑到北京车站钟声的线路比较复杂，实现起来难度较大，便决定改用电子音乐——用电子线路制造复合音响，从而产生出动听的《东方红》乐曲，并使用无触电电子开关。

采用这个方案，不仅能使播出的《东方红》乐曲音色纯正、节奏明快、格调高雅，而且，上天后工作寿命长、可靠性强、功率损耗小。

具体实施的方案拟订后，由刘承熙为组长的卫星音乐装置设计小组便很快行动起来。

他们一头钻进实验室，架起工作台，支起线路板，画图、下料、敲打、焊接，从清晨到深夜，两耳不闻窗外事，每天只管忙工作。他们一想到任务的神圣与光荣，非但没有任何怨言，反而还有一种小河流水般的快感，始终美滋滋地浸润着心田。

1968 年年初，《东方红》音乐装置的设计搞完后，他又和几位同事赶往重庆进行生产。

他们住在重庆的二八九工厂招待所，每天啃面包、泡方便面，生活十分艰苦。

在三个月的试验中，刘承熙最担心的是怕《东方红》电子音乐唱不起来。为此，他和同事们加班加点，想尽办法，最后终于做成了音源振荡器。试验那天，当他们接通电源后，音源振荡器开始振荡，其信号按程序顺利通过电门，从而奏响了《东方红》乐曲。

第一次听到自己设计的、美妙的《东方红》乐曲声，刘承熙高兴得热泪盈眶。但当这短暂的兴奋过去后，一个问题又压在了他的心上：卫星上天之后，这《东方红》乐曲万一不响咋办？

于是，为了防止卫星上天后在旋转的过程中震动会对音乐装置产生影响，他们又决定把每个元件固封起来。

但元器件一固封，对整个音乐装置系统又会产生什么影响呢？刘承熙对其他影响都不怕，最怕的一点，就是《东方红》乐曲发生变调。

为了首先确保卫星上天后也能唱响《东方红》，从而完成"听得见"这一任务，刘承熙和同事们还是对有关的元器件实行了密封。同时，他又采取了其他几项相应的措施。

然而，等到试验那天，刘承熙和同事们最担心的也是最怕的问题还是出现了：音乐装置刚通电不久，《东方红》乐曲便真的变了调！

那一时刻，刘承熙真可谓五雷轰顶、呆若木鸡……

刘承熙决心破釜沉舟，背水一战了。他是白天在车间，晚上也在车间，连续几天几夜，对电路逐点进行了仔细的检查和反复的推敲，终于查找到了《东方红》乐曲变调的原因：由于固封材料渗进了一点灰膜电阻，使原有电阻的阻值发生改变，从而导致了《东方红》乐曲的变调。

问题查到了，刘承熙总算睡了一个好觉。但任务紧迫，不允许他有片刻的喘息。刘承熙又马不停蹄地赶往上海一家工厂，接着再干。

刘承熙带领的卫星音乐装置设计小组来到上海，在时间上更是夜以继日、争分夺秒。

他先为那些容易"中毒"的电阻蜡模具浇灌上"环氧树脂",让它事先稳定好,再进行高温条件下的调试,等调试好后,再给一个个的电阻穿上固封材料的"外套",让其渗透到不能再渗透的程度,使电阻的阻值达到设计的要求,然后再逐一进行安装、调试。等这一系列工作干完后,他又把线路板装配在一个小盒子里。

试验《东方红》乐音装置的最后时刻到了。那天晚上,刘承熙和同事们一起围在这个小小的盒子四周,每个人的脸上都表现得极为沉着、冷静,但每个人的心里都在怦怦跳个不停。

试验正式开始。刘承熙伸出颤抖的手,一下接通了电源。顿时,《东方红》乐曲的前 8 个小节在小小的试验室里缓缓飘荡开来。

这清晰、优美、动听而又充满了神圣的乐声,简直如同仙乐一般。他们伏在小盒子旁,屏住呼吸,一遍又一遍地听着,就像听着自己第一次谱写的乐章。

"东方红 – 1"号卫星上的《东方红》乐曲与遥测信号交替循环,60 秒为一个周期。前 40 秒播送两遍《东方红》,间隔 5 秒钟后发射 10 秒钟的短波遥测信号,接着又间隔 5 秒钟,再重复播送《东方红》的前 8 个小节,如此循环往复。

《东方红》音乐装置和遥测装置研制成功,刘承熙如释重负,总算松了一口气。

　　为了保证上天后的卫星也能唱出《东方红》，刘承熙和同事们又模拟太空中的环境，让《东方红》音乐装置在真空条件下连续试验了半年，直至 1969 年上半年才算告一段落。

孙家栋出任卫星总设计师

1967 年，空间技术研究院正式成立。经钱学森亲自点将、聂荣臻亲自批准，年仅 37 岁的孙家栋到新组建的五院出任卫星总体设计部负责人，接手人造卫星计划。

孙家栋是辽宁省复县人，1929 年出生，是运载火箭与卫星技术专家，中国科学院院士，国际宇航科学院院士。

1958 年，孙家栋毕业于苏联莫斯科茹科夫斯基空军工程学院，获金质奖章，同年回国。后来任国防部五院一分院总体设计部室主任、部副主任。1967 年，他调入中国空间技术研究院，历任院总体设计部副主任、主任、副院长、院长，七机部总工程师，航天部科技委员会副主任，航天工业部副部长，航空航天工业部副部长，航空航天工业部科技委主任。

1967 年以前，他先后领导和参加了我国第一枚自行设计的液体中近程弹道地地导弹与液体中程弹道地地导弹的研制试验工作。调入中国空间技术研究院后，年轻有为的孙家栋在研制试验过程中，深入实际，艰苦奋斗，带领科技人员攻克了多项技术关键，解决了一系列重大技术问题。

1966 年下半年，是世界上许多国家发射人造卫星的高峰期。全世界几乎平均每三天就有一颗人造卫星发射上天。1967 年，苏联发射了 80 颗卫星；1968 年，苏联又发射了 84 颗卫星。当然，热衷于称霸世界的美国也不甘落后，与苏联展开了发射竞赛。

早在 1965 年，法国曾用自制的"钻石"运载火箭，成功地将法国第一颗人造卫星发射升天，把原本领先发射导弹的中国抛在了后面。

此后，与中国隔海相望的日本，也暗暗加快了人造卫星的研制和发射的步伐，大有抢先于中国发射第一颗卫星的势头。

面对如此严峻的挑战，钱学森心急如焚。他考虑再三，决定通过大胆起用有真才实学的年轻人的方法，加快研制人造卫星的进度。

于是，一批年轻有为的科学家走上了科研的领导岗位。其中，最为突出的就是年仅 37 岁的孙家栋，被推荐出任卫星总体设计部的负责人。

孙家栋在钱学森的指导下，参与了仿苏导弹的设计，接着又参与了"东风号"系列导弹的研制工作。他对工作兢兢业业，勤勤恳恳，卓有成效，在科技人员中有口皆碑。这一切，钱学森都看在眼里，喜在心头。

钱学森曾经对孙家栋有过一句评语："看来，把孙家栋找来还是对的。他的确敢干事，会干事。"

孙家栋在后来的回忆中记述了当时的情况：

1967 年"八一"建军节前的一个下午，我正趴在火箭图纸堆里进行一项改进型导弹的设计。突然，一位军人来到了我的办公室。

这位军人做过自我介绍以后，便开门见山地说明了来意："中央已经正式决定，尽快组建中国空间技术研究院。钱学森向聂帅推荐你负责我国第一颗人造卫星的总体设计工作。现在，根据聂帅的指示，决定调你到空间技术研究院。"

一听自己是钱学森点的将、聂老总亲自批准的，心里很激动，同时也感到一下子增加了不少压力。

孙家栋说："当时我几乎没什么准备，也无任何条件和要求，'八一'建军节刚过，便扛着被卷和书箱去报到了。"

当时，中国科学院对第一颗人造卫星的研制已做了大量工作，并奠定了重要基础，走完了关键的第一步。但要把一颗卫星从地上发射到天上，是一个庞大而复杂的系统工程：从研制到生产；从生产到发射；从发射到测控。如何将卫星现有的研制成果投入生产，使之真正运行起来，是工程学问题，也同样是相当重要、必不可少的一步。否则，卫星上天便无从谈起。

从当时的情况看，原中国科学院的卫星专家们在搞学科的研制方面，的确是轻车熟路，但对于庞大的卫星工程究竟如何管理？如何按工程的研制规律一步步往下走？各系统怎样连接起来？连接起来后又怎样做试验？一句话，如何将卫星按工程的一套程序综合起来往下进行，多少显得有些力不从心、欠缺经验。何况，组建空间技术研究院其中一个主要任务，就是要解决第一颗人造卫星工程的综合组织管理和实施问题。负责卫星总体设计工作的孙家栋肩上担子的重量，可想而知。

由于卫星研制工程重大，需要多方面的专业人才来相互协作，因此，孙家栋刚上任不久，空间研究院政委常勇便向他下达了任务：

以中国科学院的专家为主，再从别处抽调一些优秀人才，尽快着手组建卫星总体设计部。

接到任务后，孙家栋立即进行人才选拔，在两个多月的时间里，他跑了几十个有关单位，详细考察了各个部门中具有一定特长的技术骨干，最后终于选出了 18 名干将。经报请上级审批后，18 名干将很快便云集在白石桥路 31 号大院。

这 18 名干将后来被人们称为"航天十八勇士"。其中有专搞技术工作的，有专搞技术管理的，有专搞技术档案的，总之，方方面面，各有其长，各具其才。

"十八勇士"加盟卫星队伍后，使卫星总体设计部如虎添翼。随着其他各个系统工作的展开，第一颗人造卫星的研制工作很快又运转起来。

修改完成卫星研制方案

1967 年 5 月，聂荣臻在听取钱学森等关于组建空间技术研究院问题的汇报时指出：

> 科研机构要精干，工作要紧张，不要人浮于事。电子技术，是各军兵种、研究院都需要的，都要各自做些研究工作。

聂荣臻的这番话自然是有背景的。

中国科学院原来搞的那一套卫星方案本身是相当系统、相当完整的，若是在正常历史条件下，完全可以实现，实现的结果也应该是理想的。但由于政治原因，不少研究所瘫痪，造成工作程序中断，各个系统之间的进度极不均匀，极不协调，极不可靠。有的系统已基本完成，有的系统则是刚刚开始，有的系统则中途搁浅，再也无法往下进行。然而，当时上级指示又希望第一颗人造卫星能尽快发射上天。这样，若按原方案不折不扣地实行，就不可能也无条件在短期内保质保量完成研制和发射任务。

1967 年 10 月底，国防科委组织召开了第一颗"东方红"人造卫星的方案修改、论证会，与会者达 200 余人。

会议经各系统反复研讨后，主要对原方案进行了简化，把发射卫星的任务进一步明确为 4 句话，即"上得去，听得到，看得见，跟得上"。

"上得去，跟得上"，因是纯属技术性的问题，在研究卫星的时候已经考虑到，可是"看得见"和"听得到"却难住了这些科学家。

为了能让地面看见，所有人都在想办法。因为卫星是一米直径，做大了，火箭不行。但是找搞天文的人问，说一米直径卫星在天上飞，地面上是看不见的。

科技人员想办法把它抛光，做得非常亮。可搞天文的人通过观察和计算得出的结果还是不行。最后研究决定，把它做成 72 面多面体，也就是用 72 个平面把它堆成圆的，这样一转的时候就散光。

让搞天文的同志再来看，说是好了一点儿，不过也不见得能看见。后来想出了一个办法，卫星上天的时候，卫星在前面飞，三级火箭在后面飞，三级火箭是固体火箭，固体火箭虽然大，但表面是黑的、灰的，也不反光。

于是就在三级火箭外面套个套子，是个球形的气套，气套往上发射的时候你不能让它鼓起来，就等于一个塑料套捆在三级火箭上。

上天以后，卫星弹出去，这个气套里得有充气，一充气就充成了一个大气球。在这个大气球外面再把它镀亮。处理完之后，请搞天文的同志来计算，得出的结果是肯定能看见。

"看得见"的问题解决了，可接下来"听得到"又难住了在场的科学家。

由于在当时，一般的老百姓只有收音机，而卫星发射的音乐频率是短波，收音机接收不到，因此无法听见。大家后来想了个办法，先由中央广播电台接收到后再转播。

但即使这样的话，光能听到工程信号，滴滴答答，老百姓听不懂这是什么。大家在一块儿讨论，后来，终于有人茅塞顿开，想了一个主意：把《东方红》乐曲安置在卫星上，让上天的卫星面向全球高唱"东方红，太阳升，中国出了个毛泽东……"这个主意，受到大伙的热情肯定。

于是，会议最后决定，在原卫星方案中，再增补一项唱《东方红》乐曲的内容。

至此，经简化、修补过的最后的卫星研制方案终于完成了。接着，人造卫星的研制任务开始实施。

卫星要真正开始研制生产，真正做到有计划、有步骤，又不是一个简单的事情。孙家栋回忆说，第一个难点是技术问题。

尽管当时把方案最后确定下来了，但方案毕竟是在地上谈的理论问题，上天后的卫星究竟是一种什么状况，从来没人搞过，谁也没有绝对把握。比如，天上的温度环境与地面的温度环境截然不同，要保证上天后的卫星适应天上的温度环境，就得先在地面做真空试验。可这个试验到底做多长时间，谁心里也没底儿。试验时间做短了，卫星上天后可能会被烧坏；试验时间做长了，又会浪费时间与资金，因为总不能无限制地试验下去。所以碰上这样的技术难题，会使人伤透脑筋。

第二个难点是社会环境问题。生产什么，怎样生产，生产进度如何安排，一切都是依靠工厂党委给所在生产科正式下达任务，生产科再作出严密可行的生产计划，而后将任务具体分派到各个车间。这样，既能保证产品的生产质量，又能保证产品的生产时间。当时，每要生产一个部件，就得一个部门一个部门地跑，一个关系一个关系地拉，一个头绪一个头绪地理，然后再一个关节一个关节地疏通。如此这般，方能把工作最后落实下来。

面对这样的现实，也要把中国的第一颗人造卫星托举上天，科学家及其工作者们，全部以高昂的热情投入工作中去。

例如，上海某无线电厂生产的用于卫星上的一种四芯插座。出厂后未能达到质量要求，于是为了这个小小的插座，国防科委副主任罗舜初将军亲自给上海市委写介绍信，然后孙家栋再拿着介绍信跑到上海找上海市委。上海市委一听是有关中国第一颗人造卫星的任务，当即便向厂里打去电话，要求工厂务必保质保量完成。厂里接到电话后，很快便集中了全厂最有经验的老师傅，加班加点讨论、分析、研究，然后采用人工的办法在每个插头上一个弹簧一个弹簧地调整，最后使所需插头保质保量地达到了要求标准。

又如，当时卫星上有个部件需由北京某厂生产，孙家栋去找该厂一个叫刘尔鹏的同志，请他出面想办法。刘尔鹏是老师傅出身，不仅思想觉悟高，而且个人技术十分精湛，在厂里有很高的威信。他一听说是有关卫星的任务，便不顾自己当时的处境，第二天便挨个地跑到每一个师傅家里，一个个地进行宣传，并今天请王师傅干这事，明天又请张师傅干那事，后天再请李师傅干另外的事。有的年轻工人不愿干，说干不了，他就自己亲自动手干出个样子来，然后再叫年轻人照着干。就这样，刘尔鹏仅凭个人的面子和关系，完成了这批卫星部件的加工任务。

1967 年 12 月，国防科委再次召开第一颗人造卫星研制工作会议，审定了总体方案和各系统方案，正式命名第一颗人造卫星为"东方红 – 1"号。

卫星重量为 173 公斤。卫星在空间运行时的亮度为 5 至 8 等星，末级火箭的亮度为 4 至 7 等星。为了在地球上用肉眼能看见卫星，在末级火箭上加上观测裙，可使末级火箭的亮度提高 2 至 3 等星。

"东方红 – 1"号分系统的组成是：结构、温控、能源、《东方红》乐曲装置和短波遥测、跟踪、天线，外加姿态测量部分。

关于音乐播放，党鸿辛等人选择了一种以铜为基础的天线干膜，成功解决了在 100 摄氏度至零下 100 摄氏度下超短波天线信号传递困难的问题。

"东方红－1"号卫星是因工程师在其上安装了一台模拟演奏《东方红》乐曲的音乐仪器，在地球上从电波中能够接收到这段音乐而命名的。

卫星外形为球形多面体，直径1米，其结构包括外壳、仪器舱和承力筒三部分。外壳为蒙皮骨架式结构，它又分上半球壳、下半球壳和环形腰带三部分。卫星采用一个发射机交替发送《东方红》乐曲和卫星各种遥测工程参数。

卫星的星地跟踪系统在卫星入轨后3小时，可以精确地预报未来24小时内的卫星轨道。地面观测跟踪系统可提前预报出卫星飞经中国各地和世界各大城市上空的时间和来去方向，使中国和世界各国都能在预定的时间内看到"东方红－1"号卫星。

根据卫星的外形，各种天线采取了盲区很小的结构形式，基本上能全向辐射或接收无线电波。该卫星设有姿态控制系统，在空间运行时采取自旋稳定方式。卫星与第三级火箭分离前，自旋速度是每分钟180转，星箭分离、天线张开后，卫星自旋速度降为每分钟120转。这使它相对于地球的姿态时时刻刻在变化。卫星上装有红外地平仪和太阳角计两种敏感器。

周恩来听取研制生产汇报

1969 年 10 月，"东方红 - 1"号卫星的初样基本告成。

于是，百忙中的周恩来，要亲自听取有关卫星研制生产的详细情况。共和国的总理要听卫星的具体情况汇报，这是第一次，无疑是一件再好不过的事情。那么，该由谁去汇报呢？钱学森院长当然不可例外，要唱主角，可有关卫星研制生产中的具体内容，谁去汇报更为合适呢？自然是孙家栋。

孙家栋接到向周恩来汇报情况的正式通知时，惊喜与激动无法言表。他像是在梦中，又像是刚刚醒来，这突然从天而降的喜悦，令他简直难以置信。

1969 年 10 月下旬的一天，孙家栋用了一天的时间，把要向周恩来汇报的情况做了认真仔细的准备，并把周恩来要亲自过目的刚刚研制出来的卫星初样，也做了妥善安排。他早早吃罢晚饭，便忙着换衣、洗脸、梳头、刮胡子，等一切收拾得干干净净、利利落落之后，才坐上早在门口等候多时的小车，向人民大会堂驶去。

晚秋的北京之夜是深沉的，并不时泛起阵阵凉意。坐在车上的孙家栋心里却像烘着一个小小的太阳，热乎乎，暖融融，想冷静也无法冷静下来。用他后来的话形容说："像去赶考。"

其实，孙家栋去北京人民大会堂已不是第一次了。第一次是1962年，当时，全中国都在饿肚子，知识分子们当然也不例外。于是，为了给知识分子们补充一点儿营养，鼓励一下创造的热情，增强一点儿建设社会主义中国的干劲，中央领导人在人民大会堂三楼宴会厅特意设宴邀请首都各界知识分子的代表们吃顿晚饭。

时年26岁的孙家栋便是这次宴请的对象之一。那天晚上，坐在宴会厅中的孙家栋尽管早已饥肠辘辘，却依然西装革履，精神抖擞。其实，说是宴请，不过是每桌有4盘又大又肥的红烧肉。然而，在那个差点被饥饿摧毁的年代里，一块小小的红烧肉，就足以挽救一条生命！因此，当孙家栋望着四周满脸菜色、一身倦意的各位老专家，用颤抖的筷子将第一块又大又肥的红烧肉夹进嘴里时，泪水顿时夺眶而出——咽下去的似乎不是一块红烧肉，而是足以享用终生的满足与幸福！6年后的这个晚上，当孙家栋的小车刚一驶至北京人民大会堂的门口时，首先唤起他记忆与兴奋的，便是那顿红烧肉！

孙家栋被工作人员引进人民大会堂江苏厅，随后，钱学森院长也很快赶到了。

卫星的初样刚一摆放完毕，周恩来、李先念、余秋里等中央领导同志以及有关部委的负责人便准时出现在大厅的门口。

周恩来是一连参加了几个会议之后赶来的，尽管谈笑风生、精神饱满，却依然无法掩饰一脸的疲乏。

当钱学森将孙家栋向周恩来做介绍时，周恩来握住孙家栋的手风趣地说："哟，这么年轻的卫星专家，还是小伙子嘛！"

孙家栋满脸通红地笑了，一身的紧张顿时轻松下来。汇报首先由钱学森介绍有关"东方红－1"号人造卫星的研制及目前准备的总体情况，而后，由孙家栋讲解有关卫星的具体内容。

周恩来听得很认真，其间不时问这问那，尤其关心的是卫星上每个环节的质量。

当孙家栋汇报完后，周恩来好像要故意考考年轻的孙家栋似的，问："卫星上总共有多少根电缆？"

孙家栋如数做了回答。

周恩来又问："卫星上总共有多少个插头？"

孙家栋憋得一脸通红，最终还是没有答出来，便只好回答说："等我回去统计好后，再给总理报上来。"

周恩来笑了，说："卫星工作一定要认真，一定要仔细。你们应该像外科医生一样，在给病人动手术前，对病人的每根血管、每个穴位，都要了如指掌。"

接着，周恩来又强调说："你们主管卫星工作的部门，对下面各单位一定要谦虚一些，不能以老大自居，更不能以势压人。过去你们有个别部门有这方面的问题，动不动就说是'国家重点项目'如何如何，动不动就打着中央某某首长的旗号去压人。希望你们不要再打出这样的旗号，而要加强团结，相互帮助，搞好各个单位之间的协调工作。"

周恩来说完，想了想，最后又非常严肃地问了一个问题："卫星一旦发射出去后，用什么来证明它确实发射上天呢？比如，原子弹爆炸人们能看见蘑菇云，但宇宙空间那么大，用什么来向世界证明中国的第一颗人造卫星的确是成功地上了天呢？"

等钱学森从几个方面向周恩来做了解答后，周恩来这才满意地点点头。尔后，周恩来放下手中的笔记本，在卫星飞行轨道图纸边，认真地看起来。

周恩来起身离开大厅时，已是午夜时分。至此，第一颗人造卫星的研制工作第一阶段总算有了基本的定论和结果。

但是，"东方红－1"号人造卫星的其他几项任务，这时却还处于艰难的研制之中。

"长征 –1" 号火箭试验终获成功

1968 年的初冬季节，经过三年的紧张攻关，"长征 – 1"号火箭各系统的零部件从祖国四面八方运往战略火箭生产总厂。紧接着，我国第一枚"长征 – 1"号运载火箭很快总装完毕，经测试后运往地面试验站，将要进入地面试车阶段。

这种火箭将作为发射卫星的运载工具。按程序，这枚运载火箭在发射卫星之前，要进行一二级、二级、二三级、三级共 4 次火箭发动机点火和全推力状态下的试车，以考核各系统的协调性。进行地面试车可以提供比高空飞行环境还要苛刻的动力学环境，以便对火箭上的仪器设备进行超负荷考核。

这个时候，聂荣臻发出指示：

卫星研制要加快速度，但必须严格把住质量关。没有质量保证，卫星不能出厂。

11 月 1 日，东风基地下达"东方红 – 1"号人造地球卫星发射任务指示。自此，基地开始了紧张的发射前准备工作，以保证卫星发射的成功。

周恩来指示：

这次发射不同寻常，以往我们的试验不论成功或是失败，都是在自己境内搞的。而这一次射程很远，必须控制住，一定不能让导弹飞到国外去。

11月16日18时，首枚中远程运载火箭准时点火起飞，在导弹飞行到18秒时，突然间，在火箭一级关机点附近，速度曲线不再上升，图板上，落点预示板上的笔也只是停留在原地抖动。

在以往多次发射任务中，只要弹头一进入落区上空，落区的观测人员凭肉眼也能立即发现目标，只要弹头一着地，几分钟之内就能把落点位置找出来。这一次，过了40多分钟了，竟还没有一个人发现目标……钱学森向落区测量站询问任务执行情况。落区参谋长报告说："到现在，全站没有一个人发现目标。"

40多分钟过去了，那么多双眼睛竟没有发现目标，显然是出了问题。也就是说，火箭不知飞到哪里去了。是中途跌落在境内，还是飞出了国界？

最坏的情况是落在苏联境内，这将引起涉外事端，甚至引发战争。

国防科学技术委员会副主任兼基地司令员李福泽在初步了解情况后，一边迅速向北京报告，一边召集各参试单位到基地司令部紧急会商，希望尽快得到火箭的准确去向。

可是，由于条件限制，主要依靠的是光学电影经纬仪来跟踪火箭飞行轨迹。这种光学仪器受天气的影响很大，同时火箭关机后光辐射消失，它也不能提供记录，且其记录媒体是胶片，要等胶片冲洗出来，才能判读、计算出结果。

这个过程至少需要两至三天的时间。如果这枚火箭真的飞出国境，即使计算出来结果也太晚了。

周恩来从北京接连打来三次电话，询问火箭到底掉在什么地方了，并安慰大家："你们抓紧时间把火箭落点弄清楚。先别慌乱，不要太紧张，万一真打到国外了，我也已经做好了去莫斯科说明情况的准备。"

第二天4时30分，技术人员何荣成和其他三个人赶到了机场，登上一架"伊尔－14"飞机寻找火箭残骸。他估计，这枚火箭是在一级关机点出了故障，落在离发射阵地大约680公里的地方，没有飞出国境。

飞机飞到了新疆境内的预定区域。

从舷窗上看下去，11月的戈壁滩上，一丛一丛的骆驼刺已经枯黄，干涸的水坑泛出白碱，显出一片星星点点的黑色与白色。要从4000米的高空分辨出火箭残骸是十分困难的。

头两天的搜索毫无结果，何荣成的心里不由打起鼓来。第三天，飞机降低了高度，飞了半天，突然，女飞行员叫了起来："呀，前边有一堆东西，你看是不是火箭残骸?"

终于看清了,是火箭残骸,还能看到火箭的一二级没有分离,全掉在一个沙丘的旁边。

事后查明,火箭飞行失败是由于一个程序配电器发生了故障,二级未能点火而自毁坠落。

1970年1月30日,供预期飞行实验用的二级火箭发射成功,使中国多级火箭技术取得了研制和试验方面的突破,标志着我国已经具备发射卫星的能力。

与此同时,广大科技工作者先后完成了空间模拟实验和地面测控跟踪系统的研究。

卫星和火箭运抵发射场

1970年2月4日,"长征－1"号火箭从北京总装厂乘专列出发。

3月21日,"东方红－1"号卫星完成总装任务。

3月26日,载有一枚"长征－1"号运载火箭和两颗"东方红－1"号卫星的专列,经周恩来亲自批准后,从北京出发,直抵茫茫大西北。运送期间,铁路沿线每两根电线杆间由一位荷枪实弹的卫兵守卫。

4月1日,载着两颗"东方红－1"号卫星和一枚"长征－1"号运载火箭的专列一路上戒备森严,在高度保密的状态下,悄然运抵酒泉卫星发射场。

这一天,对于沉寂了多年的酒泉发射基地来说,无疑是一个充满了新意与刺激的大好日子。从北京出发的载有"长征－1"号火箭和"东方红－1"号卫星的专运列车,经四天四夜长途跋涉后,将于今天抵达发射场。

这个日子对酒泉发射基地的第二任司令员李福泽来说,自然同样是一个充满新意与刺激的大好日子。

据李福泽多年后在北京回忆,这一天他起得很早,火箭和卫星即将抵达发射场的消息头天晚上他就知道了,但他还是一大早便钻出了被窝。一钻出被窝的他,便感到仿佛有一股生命的活力在体内和心中膨胀着。一向不好修饰的他，这天依然不着任何修饰，只草草抹了一把脸，连胡子也懒得刮，大衣一披，径自驱车出门，去车站迎接专列的到来。

就在火箭和卫星即将抵达发射场的时候，国防科委向东风基地下达了发射"东方红－1"号任务的预先号令，并确定由基地负责统一指挥卫星的发射试验。基地领导小组随即组织制订了试验方案和试验程序，与此同时，还下达了安全保密工作的指示和任务命令书。

当时，关于是采取两步走还是一步到位的发射方案，出现了不同的意见。两步走是用一枚火箭先发射一个与卫星同重量的实验物体，成功后再进行"星箭合一"的发射。2月25日，国防科委召开常委会，就"东方红－1"号卫星发射方案问题，进行了反复认真的讨论，最后终于果断作出正式决定：采用直接发射卫星的方案。

这时，随着一声长长的汽笛声，载着两颗"东方红－1"号卫星和一枚"长征－1"号火箭的专列徐徐驶进了站台。经短暂的协调后，列车又接着向发射场方向驶去，最后停靠在了发射场七号技术阵地的场坪上。

专列刚刚停稳，整个发射场顿时沸腾起来。基地官兵和所有参射人员无不为之欢欣鼓舞，惊喜若狂。

紧接着，"长征－1"号运载火箭和"东方红－1"号卫星的测试检查工作正式开始。

之前，基地接到国防科委关于发射"东方红－1"号卫星的正式任务后，很快便成立了以江萍为组长的负责发射现场统一组织指挥的发射试验领导小组,组织制订了发射方案、试验程度,并正式发布了发射任务命令书,要求基地及上海、北京等所有参射单位和个人必须全力以赴,紧密协同。

直接负责运载火箭、卫星发射前测试和实施发射的,是基地第一试验部综合试验部和发射团。这支队伍曾多次出色地执行过各种型号的导弹测试和发射任务,是一支思想作风过硬、业务技术精通、实践经验丰富的试验队伍。

为了确保卫星的一次发射成功,他们把周恩来提出的"严肃认真,周到细致,稳妥可靠,万无一失"16字方针作为座右铭,明确要求:

人员不带思想问题上阵,装备仪器不带故障参射,火箭、卫星不带隐患上天。

一次合练前,发射团加注中队发现过滤器有堵塞现象,为了排除这一隐患,副分队长高春宁、吴全和等人,在黄烟滚滚、毒气弥漫的泵间,冒着有毒气体的危险,钻进贮存燃料的罐子里,对燃料进行清洗,一连苦战了七天八夜,终于将35立方米的贮罐、几百米的管路清洗干净,使隐患得以清除。

担负运载火箭主动段光学测量任务的是第一试验部第一站的6个光测点和三部的3个光测点。为了保证设备性能可靠,站技术股深入各个点号,他们对每一个元件、每一个焊点都逐一进行检查，共查出问题 56 起，更换元件 62 只。

担负卫星跟踪测量和测控任务的，是第六测量部所属的湘西、南宁、昆明、海南、胶东、喀什 6 个站和发射场区 28 号中心站。为了落实周恩来"安全可靠，万无一失，准确入轨，及时预报"的指示，各测量站对每台测控设备都做了认真的检查测试。南宁站一位叫谢振华的技术员，对数传机 6000 多个焊点，挨个地检查了 7 遍，将所有故障和隐患全部排除。28 号时间统一勤务站的 651 系统信号发生器的晶体振荡器突然发生故障后，他们也很快成立了攻关组，经过连续七天七夜的奋战，终于排除了故障……

从 4 月 3 日起，按预定的工程程序，对火箭和卫星先后进行了单元测试、分系统测试、系统匹配等工作，最后确定：两颗"东方红 – 1"号卫星符合设计要求。

4 月 8 日，对"长征 – 1"号运载火箭进行了第一次总检查。

4 月 9 日，火箭与卫星进行了对接。

4 月 10 日，火箭第二次、第三次总检查结束。

至此，火箭和卫星在技术阵地的水平检测工作全部顺利完成。下一步即将进行的是选择适当的时机，将火箭和卫星平安转入发射阵地。

钱学森汇报发射准备情况

1970 年 4 月 14 日，钱学森接到北京来的电话通知：

　　周总理和中央专门委员会要再一次听取近一段卫星发射准备情况的汇报。

　　4 月 15 日，钱学森与几位专家一起，乘坐专机由大西北戈壁滩飞向北京。

　　在开往北京的飞机上，一向热情开朗的钱学森此刻反倒沉默不语。这时，他在思索着发射卫星的事，让他为难的是，一旦发射不成功，卫星不但上不了天，反而会葬身大海，这是一个大问题。

　　4 月 15 日 18 时 30 分，钱学森等人准时来到人民大会堂福建厅。

　　他们刚坐下不久，前来听取汇报的中央专委的领导同志李先念、李德生、余秋里等，陆续走了进来。

　　19 时整，周恩来疾步走进大厅，秘书被甩在了身后。周恩来热情地向大家招手示意，亲切地说道："从发射场赶来的同志们，你们辛苦了！请你们到前面就座。"说完，见大家依然坐在后排不动，便走过去亲自将这些科学工作者请到了前排的座位上，然后自己才坐下来。

实施研制方案

091

周恩来落座后，拿起了一份名单查看了一遍。然后，边挨个叫着名字，边与其本人对号。对上一个，便询问他：多大年纪？什么地方人？哪个大学毕业的？

当所有人员都做了介绍之后，钱学森按照准备的材料，一五一十地谈情况，并以歉疚的心情谈到了测试中发现的问题。他说道："这枚大型三级火箭，其内囊之复杂，较之人体的五脏六腑、血脉经络有过之而无不及。总装时，尽管大家做了反复的检查，但是，在这次总体检查时，还是发现火箭内有遗留下的松香和钳子等杂物。"

听完钱学森的话后，周恩来的眉头一下子紧锁起来，随即说道："这可不行，这等于外科医生开刀把刀子、钳子丢到了病人的肚子里嘛！可是，你们的产品是死的，允许搬来搬去，允许拆开、再组装，找一遍不行再找一遍，总可以搞干净的嘛！无非是晚两天出厂。把松香、钳子丢在火箭里头，这是不能原谅的！"

周恩来的批评很严厉，同时又切中要害。

汇报继续进行着，各路航天专家做补充性的汇报。随着汇报的深入、具体，周恩来提出很多问题，而且，对有的问题还讲了自己的看法。有些问题，年轻的专家们回答不清楚，只好请钱学森替他们做解释。

当汇报到火箭和卫星安全问题时，几位中央领导同志对此极为重视，几个人围在展开的那张地图周围，仔细地查看运载火箭的飞行路线。

这时，周恩来问钱学森说："上一次我问过你'长征－1'号火箭正常飞行情况下二三级火箭的落点，后来我又想到，万一发生事故，火箭可能落在什么地方？什么位置？"

　　钱学森从容地回答道："'长征－1'号火箭在飞行中如果发生故障，将采用两种手段使其在空中自毁：一是火箭上装有自毁系统，它一旦辨别出了程序中和姿态上的故障后，立即便可接通爆炸器的电源，瞬间即可自毁；二是一旦火箭发生故障，而自辨系统又迟钝，那么，地面的观测系统便发出炸毁的指令，接通爆炸器电源，从而使火箭自毁。"

　　周恩来听了钱学森的一番说明，连连点头。这时，有人问道："万一自毁系统发生故障，该炸时不炸，不该炸时它炸了，怎么办？"

　　钱学森镇定地指了指运载火箭总设计师任新民说道："我们的设计师对火箭的自毁系统的精确度要求是很高的。该炸时，必须炸；不该炸时，绝对不会炸。地面曾经做过自毁试验，并试验了爆破效果，各种数据是可靠的。"

　　这时，周恩来说道："今晚的汇报很好，看同志们还有什么问题需要解决的？"

　　钱学森看时机已到，终于向周恩来提出了那个"过载开关"问题。

　　钱学森说："关于那个过载开关问题，不久前已报告了中央，但还未得到正式答复。现在很快就要发射了，这个开关是取消还是保留，直接关系到卫星播放《东方红》乐曲的问题，请总理早些定下来。"

听完钱学森的话后，周恩来没有马上表态，眉头又锁在一起似乎在想着什么。

周恩来又沉默了，会议室里一片寂静。

几分钟后，周恩来率先打破了这种沉寂的气氛，他问在座的航天专家："你们说，我们的火箭、卫星到底可靠不可靠？"

"从几次测试的结果看，火箭质量是可靠的。"火箭总设计师任新民果断地回答了周恩来的问话。

"从卫星研制中的质量和模拟试验的结果，以及出厂前后的测试状态来看，卫星的质量是可靠的。"卫星总设计师孙家栋的回答也是肯定的。

这时，周恩来极其严肃地说道："既然你们认为火箭、卫星的质量可靠，那我个人认为，这个开关可以不要。"

一句话，掀掉了众多科学家心头上的千斤巨石。

接着，周恩来说道："今晚听了同志们的汇报，知道运载火箭和卫星以及发射基地的准备工作都做得很好。至于卫星、火箭什么时候转入发射阵地，什么时候实施发射，这个问题我得向中央政治局汇报后才能正式决定。"

周恩来转身对钱学森说道："学森同志，你们回去

094

后，还得抓紧时间把今晚汇报的有关火箭、卫星的情况写一份正式的书面报告给我，我好尽快提交中央政治局会议研究决定。"

钱学森连忙点头答应。

临散会时，周恩来语重心长地告诫大家：

同志们，这次如果发射成功了，大家还要谦虚谨慎，继续前进。注意搞好团结协作。同时，还要多从坏处着想。我想的是，要克服的问题还很多。这些问题应该是可以克服的，也相信你们能够克服。你们年轻同志应该比我们强。

大家热烈鼓掌，感谢周恩来的鼓励。这时，一位专家的笔记本掉在了地毯上没发觉，却被周恩来看到了。周恩来走过去弓身替他捡了起来，递给了他，笑了笑说道："这个可不能丢啊！"

那位青年专家握住周恩来的手，热泪盈眶，一句话也说不出来。

周恩来望着航天专家们依依不舍的神情，便以豪迈的语调高声对大家说：

同志们，大胆地干去吧！搞科学试验嘛，成功和失败的可能性都存在。你们大家要尽量

把工作做好，万一失败了也没什么，继续努力
就是了。失败是成功之母嘛！

夜已经很深了。人民大会堂内静悄悄的。周恩来望
着一脸倦容的钱学森，一步向前，紧紧握住他的手，关
切地叮嘱道：

学森同志，你要保重身体啊！

钱学森握着周恩来的手，百感交集。这句话，本应
该是他向总理说的呀，没想到，反而总理向他说了！

最后，周恩来尽力提高嗓门祝愿大家：

祝大家返回基地一路平安！预祝这次卫星
发射一举成功！

钱学森带着沉甸甸的心情，匆匆赶回国防科委的办
公大楼。

刚进办公室，电话里就传来了周恩来的声音：

中央同意你们的发射计划。赶回发射基地
以后，一定要认真地、仔细地、一颗螺丝钉都
不放过地进行检查测试！

过了一会儿，电话铃又响了起来，又是总理办公室打来的。周恩来指示：

> 从今天起，一直到卫星上天，发射场的情况，逐日电话汇报。

挂了电话后，钱学森想，接下来应该兵分两路，一路研究如何落实周恩来的指示，一路为周恩来赶写书面报告。

当时针指向 2 时，报告草稿送到了钱学森手上。钱学森反复看了两遍，做了仔细修改。3 时，送到了国防科委主任王秉璋的手上。

王秉璋把大家召集到一间会议室，要大家一起讨论、修改。他一字一句地读，让大家逐字逐句推敲。当读到"火箭、卫星所有的地面试验都做过了。试验结果证明，没有问题。但是，没有做过空间试验"时，王秉璋停住了。他问道：

"'没有做过空间试验'，这句话该怎样理解？什么叫空间？该怎样确定空间这个概念？你说这间会议室叫不叫空间？"

王秉璋的话音刚落，钱学森就接着说道："我看这样吧，把'没有做过空间试验'这句话，改成'没有经过上天的考验'好了。"

大家表示同意。于是，王秉璋拿起笔来亲自做了改动。

　　还没等王秉璋放下笔来，电话铃又响了，电话是周恩来办公室的秘书打来的。秘书询问了报告的情况后，传达了周恩来的又一个指示：

　　6 时以前，一定要将报告送到。

　　此刻，已是 1970 年 4 月 15 日 5 时。

五、 卫星发射成功

● 周恩来亲自向国防科委副主任罗舜初打去电话，对这次发射提出了 16 字要求："安全可靠，万无一失，准确入轨，及时预报。"

● 钱学森向北京报告说："发射时间，初步定在 24 日 21 时到 21 时 30 分之间。"

● 5 月 25 日 20 时 29 分，"东方红 – 1"号卫星高唱着《东方红》出现在北京上空，首都的百万人民，扶老携幼，走出房舍，聚集在庭院、街道、广场，争相观望。

卫星发射前的准备工作

4月16日，周恩来亲自打电话通知国防科委：

中央同意摘掉"过载开关"。政治局经研究后，同意这次卫星发射的安排，并批准火箭、卫星从技术阵地转入发射阵地。

周恩来还在电话里强调说：

火箭、卫星转运到发射阵地后，一定要认真地、仔细地、一丝不苟地进行测试检查，一个螺丝钉也不要放过！

并且还提出要求：

务必要将火箭、卫星每天的测试检查情况及时向我报告。

这一消息传来后，大家异常高兴，一直悬浮摇摆的心总算落到了原处。第二天一早，钱学森等便从北京乘专机赶回了发射场。

4月17日，"长征-1"号运载火箭和"东方红-1"号卫星安全转运到了2号发射阵地。

紧接着，早就做好了充分准备的发射团地面设备营七中队的操作手们立即行动起来，实现了发射架对正发射台一次成功、吊车对准发射台一次成功、一级火箭吊装一次成功，然后又顺利地将二级火箭对接在了一级火箭上。

当晚，灯火辉煌的发射台上又实现了三级固体火箭与卫星组合体的一次性吊装对接成功。

负责进舱连接第二级和第三级火箭爆炸螺栓的操作手张召华，为了避免进舱时碰坏仪器，防止细碎的杂物掉进火箭舱里，还特意把自己的脑袋剃了个精光，然后换上紧身衣，以娴熟的动作爬进火箭舱，准确、及时、无误地连接好了二、三级火箭的爆炸螺栓，出色地完成了星箭组合体和整流罩的安装。

由于七中队官兵们的精心操作，火箭的整个起竖对接仅用了一个半小时，比平常速度提高了一倍。

4月18日，火箭与卫星开始垂直测试。

4月19日，各分系统开始测试，各系统匹配点开始检查。但在对卫星进行垂直测试时，偶然发现卫星的超短波信标机中心频谱发生偏移，造成主载波功率下降，谐波功率增大。这个隐患若不排除，卫星上天后地面将接收不到信号。

为此，专家和技术人员进行了检查。可检查来检查去，就是找不到原因。最后，只得派人从一个很小的孔洞仰着身子爬进火箭里，拔掉一个插头，安上一根电缆，然后进行有线测试。可是依然没有查到问题的症结所在。这个问题直到最后经过多次反复试验才得以解决。

4月20日8时，周恩来亲自向国防科委副主任罗舜初打去电话，对这次发射提出了16字要求：

安全可靠，万无一失，准确入轨，及时预报。

罗舜初接完电话后，当即将周恩来的16字要求电传到酒泉发射现场。很快，一幅书写着周恩来16字要求的巨幅标语高高悬挂在了发射架上。发射场上的气氛转瞬变得活跃起来，发射工作程序随之开始了紧张而有序的运作。

4月21日上午，基地在做最后的检查时，第三级火箭的固体发动机上发现异常。刚刚进入兴奋状态的发射场顿时变得紧张起来。

随即，指挥部召开紧急会议，研究决定立即更换第三级火箭，并由北京方面将备份的第三级火箭火速运往发射场。

中午，远在北京的火箭专家韩厚健接到研究院总调度室的紧急通知。当日13时30分，韩厚健和调度员等人一同到达机场。一架大型军用运输机这时已经停在了跑道的尽头，做好了随时待命起飞的准备。

韩厚健等人立即开始投入第三级火箭的秘密装运工作。经过几个小时的努力，火箭的装运工作和安全措施完全准备妥当后，载着"长征－1"号第三级火箭的大型运输机于 21 时 10 分准时滑行起飞。

经过三个多小时的夜航，晚上，载着"长征－1"号第三级火箭的大型运输机在午夜时分安全降落在酒泉机场。

4 月 23 日，周恩来发出预令：

如果一切准备工作已经做好，希望能在 4 月 24 日或 25 日发射。

同一天，发射阵地的火箭、卫星测试检查工作全部结束。发射指挥部根据气象部门的预报，认为可以实施发射，并将发射时间定为 4 月 24 日 21 时 30 分。

于是，钱学森和李福泽在发射任务书上郑重地签上了自己的名字，同时上报中央军委和毛泽东批准。

"东方红－1"号卫星的发射，进入最后一天。

周恩来报告卫星发射成功

1970 年 4 月 24 日上午，加注队完成了对运载火箭一、二级加注推进剂的任务。火箭和卫星进入发射前 8 小时的准备程序。

15 时 30 分，钱学森与发射基地司令员商议后，向北京报告了地面雷达站出现的情况，表示故障已经排除，不影响发射，并向北京报告说：

> 发射时间，初步定在 24 日 21 时到 21 时 30 分之间。

15 时 50 分，直通中南海的红色保密电话机铃声响起。钱学森急忙抓起电话，周恩来在电话里说道：

> 毛主席已经批准这次发射。希望大家鼓足干劲，过细地工作。要一次成功，为祖国争光！

这振奋人心的号令，迅速传遍发射场地的各个岗位。按照毛泽东的指示和周恩来的嘱托，人们更加精心地进行着最后几小时的准备工作。

就在毛泽东的指示下达不久，地面的一个跟踪雷达出现了不稳定状况，连续波测量也不太同步。

钱学森立刻意识到，出现这些情况，多半是由于人们过于紧张，心理压力太大造成的。于是，他来到发生故障的机房，非常坚定地劝说大家：

不要紧张，这如同临阵打仗一样，一慌就要出错，现在最需要的是头脑冷静。

在钱学森的劝说和安抚下，参试人员的情绪稳定下来了。他们表示故障很快就可以查明，并迅速排除。钱学森看到大家的情绪安定下来，微笑着离开了。

19时50分，周恩来再次来电话询问情况。

钱学森就火箭和卫星的情况，回答了周恩来提出的问题，并表示，尽管发射前还可能出现一些小问题，但这次发射成功是有把握的。

听完钱学森的汇报，电话另一端的周恩来脸上露出了惬意的笑容。因为他听得出来，钱学森对于"东方红－1"号卫星的成功发射，怀有充分的信心。

20时整，基地司令员向周恩来报告：

将要下达一小时准备的口令。预计21时发射。

然而，在报告20分钟后，卫星检查出了意外情况，卫星上的应答机对地面发去的信号没有反应。

应答机是卫星上的一个重要附件，一旦发生故障，卫星上天后将影响跟踪测量的精度和运行轨道预报的准确性。

无奈，钱学森只好打电话给北京，请求延长半小时的准备时间。周恩来同意延长半个小时，并且再次强调指出：

必须把应答机的故障解决好。

此时，钱学森背着双手，在距离发射塔百米远的哨位旁来回踱步。他不时地停下来，凝视着即将升空的火箭与卫星。

此刻，他在思考，如果故障出在地面还好办；如果出在卫星本身，那事情就麻烦了，这要打开卫星舱进行检查。

如果是这样，时间一定会拖长。而根据气象预报，今晚 21 时左右，发射场上空云层可能裂开，出现一个小时的"发射窗口"。

到时，卫星上的故障能否排除姑且不说，即使排除了，"发射窗口"也可能会错过。时间在一分一分地流逝，真让人焦虑不安。

局面总算有了转机。经检查，故障出现在地面设备的一个松动的接头上，从而排除了故障在卫星本身的可能性。

20 时 28 分，应答机的故障得以排除。钱学森对着黑沉的夜空，长长地吁了一口气。

21 时整，发射指挥部向各点号、各台站下达了 30 分钟准备的预令。

紧接着高音喇叭里响起了命令：

全体人员立即撤离现场！

随着工作人员的撤离，发射场上突然变得寂静异常。在黑黢黢的夜空下，巨大的发射架以及写在巨大木牌上的周恩来提出的"安全可靠，万无一失，准确入轨，及时预报" 16 个火红的大字，在灯光照射下，耀眼夺目。

这时，传来了一个振奋人心的喜讯。连日来，一直坐在电话机旁等候着发射场消息的周恩来，于 21 时 15 分向发射场全体参试人员发来了亲切的问候：

请转告今晚战斗在发射场上的同志们，大家辛苦了！下一步关键是工作要准确，不要慌张，不要性急。要沉着，要谨慎，把工作做好，争取一次成功！

发射场的高音喇叭播送着周恩来的亲切问候。人们听着广播，不约而同地将目光集中在发射场的上空。

就在这时候，发射场上空的云层，神话般地裂开了一道"长廊"，并继续向火箭即将飞行的东南方向渐渐延伸出去。

望着这奇迹般的情景，人们欢呼雀跃。凝结在钱学森心头的一团乌云也为之消散。

这时，发射指挥员呼叫着卫星航线上各个观测站的名字。然后，一个接一个清脆急促的应答声，在宁静的夜空回响。

接着，指挥员发出了"15分钟准备"的号令。

两颗信号弹腾空而起。高音喇叭依旧播送着周恩来的最新嘱托："工作要准确。不要慌张，不要性急。要沉着，要谨慎，把工作做好……"

此刻，钱学森充满了信心。

这位才华横溢的大科学家，不仅有渊博的知识，而且也具备深厚的修养。因此，他始终显得不急不躁、沉着冷静，脸上总是挂着那种安详的微笑。细心的人只有在他踱步的节奏变化中，猜测着他内心不时荡起的微细波澜。为了今天，他已经度过了近2000个日日夜夜的忧思与焦虑。现在，火箭发射在即，他的心情反而显得平和了。因为他相信，他率领的这支年轻的航天队伍是靠得住的；他相信，发射基地那些无所畏惧的解放军官兵是靠得住的；他相信，经过反复测试和检验的火箭和卫星是靠得住的。

他对发射基地的司令员说道：

如果没有特殊情况，建议发射时间为 21 时 35 分，不再变动了。

"同意。"基地司令员果断地回答。

21 时 34 分，发射指挥员杨恒下达了"1 分钟准备"的口令。瞬间，天空中又升起一红一白两颗信号弹。

1 分钟准备！

高音喇叭戛然而止，戈壁滩顿时变成了无声世界。

这时的钱学森，心头像一潭秋水，平静异常。他什么也不再去想了。

1970 年 4 月 24 日 21 时 35 分，当倒计时器上闪烁出"0"字时，指挥员下达了"点火"的命令。只见操作员的手指对准了"点火"电钮，用力地一按，竖立在发射台上的"长征 – 1"号火箭的底部，喷射出橘红色的火焰。

只听"轰隆"一声巨响，乳白色的"长征 – 1"号火箭托举着"东方红 – 1"号卫星腾空而起，直向那个"发射窗口"飞去。

18 秒以后，火箭开始拐弯，朝着东南方向越飞越快，转瞬间，便消失在茫茫的夜空中。

尽管指挥部还没有收到观测站的有关报告，但发射场上已经响起了热烈的掌声和欢呼声。

21时45分，从数千里以外的观测站传来了振奋人心的声音：

"星箭分离！"

"卫星入轨！"

21时50分，又传来一个激动人心的消息，中央广播事业局打来电话：

> 我们已经收到了我国卫星上播放的《东方红》乐曲声。声音非常清晰、洪亮。

放下电话，钱学森再也抑制不住激动的心情。两行泪水从他的面颊上流淌下来，他顾不得去擦，便和卫星小组、导弹小组的成员们互相搂成一团。人们喊呀，唱呀，任凭泪水飞溅，任凭激情宣泄。

这是喜悦的泪水，是自豪的泪水，这是多少年来苦辣酸甜凝聚成的泪水啊！为了中华民族的航天梦，为了共和国的繁荣富强，他们不知付出了多少辛勤的汗水，不知经历了多少艰难曲折，不知度过了多少个不眠之夜。今天，终于如愿以偿了！

此时的北京中南海，也同大西北戈壁滩上的航天城一样不平静。

22时整，周恩来总理办公室的电话铃响起。周恩来迅速拿起话筒，传来了罗舜初将军激动的声音：

总理，卫星与火箭分离正常，卫星已经入轨了！而且，现在已经收到了卫星播放的《东方红》乐曲声！

周恩来说：

好，很好！我马上向主席报告，准备庆祝！

一向善于控制感情的周恩来，此时也喜形于色。紧接着，周恩来抓起直通毛泽东的电话耳机，高声说道：

主席，卫星发射成功啦！"我们也要搞人造卫星"的愿望实现了！

毛泽东听到消息后，一下子将烟蒂摁到烟灰缸里，高兴地说：

好，太好了！恩来，准备庆贺！

22 时 20 分，周恩来又给发射基地打来了电话：

卫星发射成功了，我向大家表示祝贺。请你们将《东方红》乐曲的录音带复制一部分，把卫星运行的轨道绘成图，把运行时间列成表。
把这一切立即分送给中央各位领导同志。

最后，周恩来用兴奋的语气说道：

　　基地的有关领导和专家，明天请回北京来汇报。

此刻，各个观测台、站从四面八方不断将接收到的"东方红－1"号卫星的各种数据信息，报到酒泉基地计算中心。

计算中心又以最快的速度，计算出卫星的初轨参数。"东方红－1"号卫星绕地球飞行一圈以后，再一次进入中国上空时，喀什站立即将卫星的轨道参数传送到酒泉基地计算中心。

不一会儿，计算中心将"东方红－1"号卫星飞经世界244个城市的时间及飞行方向准确地计算出来，并且仅用了48分钟便向北京发送了全球预报。

这时，北京指挥所的罗舜初将军与新华社的一位组长在一起，绞尽脑汁地起草中国第一颗人造地球卫星发射成功的"新闻公报"。"公报"稿改了一遍又一遍，直改到4时才完稿。随即派人送往周恩来的办公室。

彻夜未眠的周恩来接到这份"新闻公报"草稿后，先看了一遍，然后开始逐字逐句推敲。他用红铅笔将原稿中"坚持自力更生、艰苦奋斗的方针"一句，改为"坚持独立自主、自力更生的方针"。

停了一下，周恩来又拿起了通往国防科委罗舜初将军办公室的电话，说道："罗舜初同志，公报中写的有关卫星轨道的参数都准确吗？"

罗舜初回答道："总理，请放心，这些数字是酒泉基地计算中心根据各观测台、站传送的数据信息计算出来的。"

罗舜初回答完，又补充说道，"保证准确无误。"

周恩来仍不放心，接着又问道："那卫星入轨后的精确参数是多少？现在知道吗？"

"这个参数正在计算之中。"

周恩来听完思忖了片刻，说道："既然如此，我的意见，不如先等一等。等美国方面公布了参数以后，我们做个比较，尔后再公布于世，你看怎样？"

罗舜初答道："可以，就按总理说的办。"

周恩来放下电话以后，在那件已经修改过的"公报"稿上，郑重地签上了"周恩来"三个字。

然后，周恩来匆匆登上了飞往广州的专机，赶去主持由越南、越南南方、老挝、柬埔寨领导人参加的"三国四方会议"。

各国祝贺中国成功发射卫星

1970年4月25日，《美国之音》向全世界报道了中国发射卫星的消息，并公布了中国卫星入轨的参数。与中国计算中心发布的卫星入轨参数比较，大体相同。于是，罗舜初当即向身在广州的周恩来通报了这一情况。

正准备到会场去的周恩来得知这一消息后，心情十分愉快。

他大步跨入"三国四方会议"的大厅，向与会的朋友们高声宣布道：

朋友们，为了庆贺这次会议的召开和圆满成功，我给大家带来了中国人民的一份礼物，这就是中国于4月24日21时35分，成功地发射了第一颗人造地球卫星。中国的人造地球卫星上天，是中国人民的胜利，也是我们大家的胜利！

周恩来的话音刚落，会场顿时爆发出一阵热烈的掌声。

"三国四方"的领导人纷纷走过来与周恩来热烈握手、拥抱，表示祝贺。

25 日 18 时，新华社受权向全世界宣布：

　　我们的伟大领袖毛主席提出"我们也要搞人造卫星"。在全国人民迎接伟大的 70 年代的进军声中，我们怀着喜悦的心情宣布：毛主席的这一伟大号召实现了。1970 年 4 月 24 日，我国成功地发射了第一颗人造地球卫星。

　　1970 年 4 月 24 日，中国成功地发射了第一颗人造卫星。卫星运行轨道的近地点高度 439 公里，远地点高度 2384 公里，轨道平面与地球赤道平面夹角 68.5 度，绕地球一圈 114 分钟。卫星重 173 公斤，用 20.009 兆周的频率播送"东方红"乐曲。

　　这次卫星发射成功，是我国发展空间技术的一个良好的开端，是毛泽东思想的伟大胜利，是毛主席革命路线的伟大胜利……

　　中共中央向从事研制、发射卫星的工人、人民解放军指战员、革命干部、科学工作者、工程技术人员、民兵以及有关人员，表示热烈祝贺！

首都沸腾了！全国沸腾了！

新闻公报刚发表，顷刻间，首都北京灯火通明，锣鼓声四起，鞭炮齐放。欢庆的人群如潮水般涌向天安门广场，涌向毛泽东、周恩来居住的中南海门前。

当晚20时29分，"东方红－1"号卫星高唱着《东方红》出现在北京上空，首都的百万人民，扶老携幼，走出房舍，聚集在庭院、街道、广场，争相观望。

当那颗明亮的卫星缓慢地飞过天安门上空时，广场上几万双眼睛在探照灯的引导下，紧紧追随着翱翔在太空里的卫星，边看边欢呼雀跃，直到卫星完全消失在东南方向的茫茫夜空中。

中国第一颗人造卫星发射成功的特大喜讯，通过无线电波传遍了长城内外、大江南北、全国城乡各地。人们纷纷组成长长的队伍，高呼口号，上街游行庆贺。

夜间，伫立在街头、田间观看"东方红－1"号卫星的人群成千上万。这一天，成为中国人民最开心、最扬眉吐气的一天！

中国第一颗人造卫星发射成功，在世界各国引起了强烈的反响。

26日，我国领导人收到了阿尔巴尼亚领导人霍查、谢胡发来的贺电；收到了越南领导人孙得胜、黎笋、长征、范文同发来的贺电；收到了朝鲜金日成、崔庸健发来的贺电。

27日，我国领导人陆续收到罗马尼亚总理、巴基斯坦总统、几内亚总统、阿富汗首相和毛里塔尼亚总统发来的贺电。

28日，我国领导人还收到了越南国防部长武元甲、赞比亚总统卡翁达、南斯拉夫联邦主席里比契奇以及尼泊尔外交大臣发来的贺电。

中国共产党中央和毛泽东，还收到了缅甸共产党、瑞典马列、比利时马列等兄弟党领导人发来的贺电。

28日晚，当"东方红－1"号飞经香港上空时，港澳同胞以及海外侨胞，带着收音机、望远镜，成群结队涌向山头、登上高地、聚集海边，争相观看祖国发射的这颗卫星。

他们激动得流下热泪，自豪地称颂祖国的第一颗人造卫星是"从东方升起的一轮华夏小月亮"。

各国报纸纷纷发表评论指出：中国第一颗人造卫星发射之神速，超过了西方专家的预料。

美国一位叫孙彻的华人专栏作家这样写道："在美国和西欧各国试射战略飞弹，因为导向系统和发射系统一再出错，事故频频。但中国大陆的飞弹乃至于人造卫星的发展却异常地迅速，不但意外事故甚少，甚至可提供有关于投射系统的技术，这完全是钱学森的功劳……"

20世纪80年代，钱学森在一次答香港记者问中，对这一期间的工作，谈过这样一段话：

> 我们国家国防高科技发展是从20世纪50年代中后期开始的，那时中国工业技术、科学发展还在很初级阶段，困难很多。但是，党中央考察了当时的世界形势，20世纪50年代中国和世界是个什么情况？中国处于怎样一个环境？

我想大家都很清楚。回过头来，假设我们中国没有原子弹、氢弹、导弹和卫星的话，我们是不是会有今天这样的国际位置？相信大家会很清楚。所以，当时下这个决心，得到全中国人民的拥护，科技人员更是感到责任重大。我们大家奋力而为，真是废寝忘食、夜以继日地干。结果，我国国防高科技整个发展过程是比较快的。

"东方红-1"号卫星的发射成功，使中国成为继苏、美、法、日之后，第五个靠自己的力量研制并成功发射卫星的国家。我国的卫星是五颗卫星中最重的。其中，苏联的"卫星1号"重83.6公斤，美国的"探险者1号"重8.22公斤，法国的"试验卫星A-1"重42公斤，日本的"大隅号"重9.4公斤，而我国的"东方红-1"号则重达173公斤。它表明我国用于发射卫星的运载火箭的推力是强大的，我们的技术是先进的。如果再从研制周期做比较，那就更值得我们骄傲和自豪。从研制运载火箭成功到发射人造卫星，美国用了13年，苏联用了12年，而我国只用了两年时间。这个事实充分地说明，勤劳智慧的炎黄子孙，在当代创造出了无愧于先人，而大大超过了外国人的辉煌业绩。

神州大地由于"东方红-1"号的升天而掀起了航天热，中国终于跨入了航天时代。

本书主要参考资料

《国史全鉴》本书编委会编 团结出版社

《共和国五十年珍贵档案》中央档案馆编 中国档案
　　出版社

《中国现代史资料选辑》彭明主编 中国人民大学出
　　版社

《风云七十年》郭德宏主编 解放军文艺出版社

《请历史记住他们》科学时报社编 暨南大学出版社

《两弹一星实录》岳庆平主编 中国经济出版社

《天地颂——"两弹一星"内幕》东生著 新华出版社

《中南海三代领导集体与共和国军事实录》蒋建农主
　　编 中国经济出版社

《中南海三代领导集体与共和国科教实录》岳庆平主
　　编 中国经济出版社

《三代领导集体与共和国科教实录》彭继超 伍献军
　　著 解放军文艺出版社